dtv
premium

Stefan aus dem Siepen

Der Riese

Roman

Deutscher Taschenbuch Verlag

Von Stefan aus dem Siepen
sind im Deutschen Taschenbuch Verlag erschienen:
Das Seil (24920)
Die Entzifferung der Schmetterlinge (14208)

MIX
Papier aus verantwortungsvollen Quellen
FSC® C013736

2014
Originalausgabe
Deutscher Taschenbuch Verlag GmbH & Co. KG,
München

Umschlagkonzept: Balk & Brumshagen
Umschlagfoto: Arcangel Images/Robin Vandenabeele
Gesetzt aus der Caslon Buch BQ 10,5/14,4·
Satz: Greiner & Reichel, Köln
Druck und Bindung: Kösel, Krugzell
Gedruckt auf säurefreiem, chlorfrei gebleichtem Papier
Printed in Germany · ISBN 978-3-423-26025-1

»Hüte Dich vor den Nicht-Gezeichneten!«

Lichtenberg

Erster Teil

1

Die Dachlatte

Es ließ sich nicht klären, welcher von Tilmans Klassenkameraden zuerst auf den Einfall gekommen war, ihn »die Dachlatte« zu nennen, doch alle schienen nur auf den Namen gewartet zu haben, benutzten ihn von jetzt auf gleich mit munter-mitleidsloser Selbstverständlichkeit; denn er spielte nicht nur in einer für witzig gehaltenen Weise auf Tilmans Körpergröße an, die sein hervorstechendster Zug war und dringend danach verlangte, aufs Korn genommen zu werden, sondern zugleich auch auf den Beruf seines Vaters, der eine in ganz Nagoldshausen bekannte Dachdeckerei betrieb.

An seinem fünfzehnten Geburtstag erreichte Tilman die Größe von ein Meter neunundneunzig, wie der Vater exakt feststellte, indem er seinen Sohn mit einem Zollstock am Türrahmen maß und knapp über seinen Locken einen sauberen Bleistiftstrich auf dem Holz anbrachte, wobei er einen gewissenhaften, um Seriosität bemühten Gesichtsausdruck aufsetzte, als handele es sich um die Eintragung in eine amtliche Urkunde.

Tilmans Größe war umso erstaunlicher, als er sie von seinen Eltern nicht geerbt haben konnte. Der Vater verfehlte die deutsche Durchschnittsgröße um ein beträchtliches Stück; überdies war er stämmig und gedrungen gebaut, besaß einen zu kurzen Hals und bis zum Bulligen gerundete Schultern, was zur Folge hatte, dass er noch um einige Zentimeter kleiner wirkte, als er ohnehin war. Mit der Mutter verhielt es sich ähnlich – nur dass sie ihren Mann an Gedrungenheit und Kurzhalsigkeit sogar noch übertraf. Wer Tilman zwischen seinen Eltern stehen sah, konnte sich unwillkürlich die Frage stellen, wie eine solche ins Auge springende Abweichung von den Gesetzen der Vererbung überhaupt möglich sei. Tilman besaß noch eine Schwester, die um drei Jahre ältere Simone; sie hielt nach Größe und Körperbau die Mitte zwischen Vater und Mutter; so nahm sie sich wie eine beruhigende, die Dinge wieder ins Lot bringende Bestätigung aus, dass in der Natur nicht etwa Willkür herrschte, sondern alles seinen ordnungsgemäßen Bahnen folgte.

Die Mutter war eine herzensgute Frau und bediente in der Dachdeckerei das Telefon. Sie besaß die Gewohnheit, mehrmals im Laufe des Tages einen versonnenen Blick auf ihren Sohn zu werfen, leicht den Kopf zu schütteln und vor sich hinzusagen: »Ja, ja, unser Tilman, der wächst und wächst …« In diesen Worten drückten sich drei Empfindungen zugleich aus: mütterlicher Stolz zunächst, die schlichte und unschuldige Freude, dass ihr Kind gut gedieh, sich zu einer stattlichen Erscheinung, ja mehr noch, zu einem rechten Prachtexemplar von Mann entwickelte; sodann die Genugtuung, dass Tilman nicht so unvorteilhaft pummelig wie alle übrigen Wölzingers geriet und zumal über die Maße ihres Mannes, den sie zwar von Herzen liebte, mit dessen körperlicher Statur sie jedoch heimlich unzufrieden war, weit hinausschoss; schließlich auch eine gewisse Nachdenklichkeit, die Anfänge eines mulmigen Gefühls, das wie ein leises Gewicht auf ihrer Brust und ihrem Magen lastete: Sie sagte sich, dass ein so übergroßer Bursche, der im Übrigen mit seinen gerade einmal fünfzehn Jahren schwerlich schon ausgewachsen sein konnte, im Leben wohl nicht nur Angenehmes zu erwarten habe.

Tilman war ein freundlicher und so gut wie normaler Junge, der schon im Kindergarten eine solide Zahl von Freunden besessen hatte und ein beliebter und unkomplizierter Stammgast auf Geburtstagen gewesen war. Gegenüber Vater und Mutter verhielt er sich fast immer brav, war noch als Fünfzehnjähriger ein folgsamer und erfreulicher Sohn, der sich selbst beste Gelegenheiten, seinen Eltern die Stimmung zu verderben, entgehen ließ; und wenn er ausnahmsweise doch einmal die Lust am Aufbegehren verspürte und eine jener Flegelhaftigkeiten beging, die seinem Alter gemäß waren, empfand er sogleich Reue und ließ zum Ausgleich mehrere Tage von herausgekehrter Nettigkeit folgen.

Überhaupt war er seinen Eltern, wenn man von den Besonderheiten des Körperbaus absah, auf den ersten wie auf den zweiten Blick durchaus ähnlich. So riss er bei jedem Gähnen mit einer lustvoll-kräftigen Bewegung den Mund auf, stieß eine Folge von fauchenden Lauten aus dem Rachen hervor und presste dazu, wie in einem Anfall von Schmerz, die Augen zusammen; bei den Mahlzeiten leckte er sich in regelmäßigen Abständen mit der Zunge über die Lippen oder reinigte, ohne dabei sein Besteck aus der Hand zu legen, mit den Fingernägeln die Zwischenräume seiner Zähne; und wenn er erkältet war, ließ er ein brüllendes, mit elementarer Wucht aus dem gesamten Körper hervorstürzendes Niesen hören, das jedem, der sich in seiner Nähe aufhielt, einen Schrecken in die Glieder jagte.

Einmal fand im Wölzinger'schen Hause eine Familienfeier statt. Tilman saß zwischen mehreren Onkeln und Tanten, die alle in deutlicher Weise dem Vater und der Mutter ähnelten, am Esstisch des Wohnzimmers. Da fiel ihm ein Stück Bockwurst aus der Hand, rollte zwischen Tellern und Tassen quer über den Tisch und stürzte zu Boden. Ohne zu zögern, rutschte er von seinem Stuhl herab und kroch, fest entschlossen, die Wurst nicht aufzugeben, auf allen vieren zwischen den Beinen der Gäste umher. Nach einer Weile schob er seinen Kopf unter dem Tischtuch hervor, rief triumphierend: »Ich hab's! 's war bei dem Fuß von der Mama!«, und drückte sich die Wurst mit Genuss in den Mund. Alle Gäste strahlten und lachten, zwei oder drei Tanten streckten die Arme aus, um ihm lobend über den Kopf zu streichen; der Vater griff nach seinem Bierhumpen, wuchtete ihn voller Begeisterung in die Höhe und rief: »Ein echter Wölzinger!«, womit er die allgemeine Meinung bündig zusammenfasste.

Es gab auch diesen und jenen Zug, mit dem Tilman, ohne dass es ihm bewusst geworden wäre oder dass er es gar darauf angelegt hätte, aus dem Wölzinger'schen Rahmen fiel. So war ihm eine gewisse Wortkargheit zu eigen: Er pflegte seine Gedanken für sich zu behalten wie Schätze, die ihm allein gehörten, und verlegte sich gern auf ein ruhiges und nachdenkendes Zuhören, bei dem sich seine blassblauen Augen wie hinter einen Schleier zurückzogen und sein Gesicht einen Ausdruck von familienfremder Feinheit annahm. In solchen Momenten merkte man ihm an, dass er etwas zu sagen gehabt hätte, wohl mehr sogar und Besseres als die, denen er lauschte, doch seine Lippen öffneten sich nicht.

Im heftigsten Trubel eines Kindergeburtstages konnte es geschehen, dass er von einer Sekunde auf die andere in eine seltsame Regungslosigkeit verfiel und, den Blick auf einen Punkt im Leeren gerichtet, in sich hineinhorchte; dort hörte er eine sanfte Stille, die sich gegen den Lärm um ihn her behauptete und ihm das Gefühl eingab, nirgendwo so gut aufgehoben zu sein wie in seinem Innern. Er trug ein unsichtbares Refugium durchs Dasein, in dem er sich, wann immer ihm danach zumute war, verbergen durfte; und besonders in späteren Jahren, als ihm die Welt zu einem Ort geworden war, an dem er sich einer Fülle von Zudringlichkeiten und Nachstellungen erwehren musste, lernte er diese Zuflucht als seinen besten Besitz schätzen.

Beim Abendessen im Familienkreis konnte er sagen: »Reichst du mir bitte die Butterdose, Mama? Vielen Dank«, was eine staunenswerte, kaum zu begreifende Äußerung war, denn für Förmlichkeiten solcher Art ließen sich in der Wölzinger'schen Familie keine Vorbilder ausmachen; auf einen Außenstehenden hätten sie geradezu ironisch wirken können, zumal wenn sich Tilman mit seinen freundlichen Sätzen an den Vater wandte, für den es selbstverständlich war, sich handfest, ohne jeden Höflichkeitsballast auszudrücken, und der, wenn er sich die Butter geben lassen wollte, nicht einmal den Mund öffnete, sondern nur mit einer barschen Geste, als fordere er von einem Lehrling, mit dem er gerade rittlings auf dem Dach saß, einen Hammer oder Schraubenzieher, auf die Butter zeigte.

Tilman liebte Musik. Bereits als kleiner Junge hatte er die Gewohnheit, vor sich hinzusingen, leise und ahnungshaft, als führe er, zum Ausgleich für seine Wortkargheit, Unterhaltungen mit sich selbst und flüchte dazu in eine Sprache, die niemand außer ihm verstand. Auch hatte er sich schon in frühen Jahren von den Eltern einen Plattenspieler schenken lassen, gab seither sein Taschengeld nicht für Süßigkeiten und Verwandtes, sondern für Schallplatten aus, legte sich sogar eine erste Sammlung an, die, was seine Eltern erst recht in Staunen versetzte, nicht bloß aus Popmusik bestand. Allerdings wuchs die Sammlung nur langsam, denn sein Taschengeld war knapp bemessen, und wenn Tilman den Vater oder die Mutter darum bat, es ihm aufzustocken, so schüttelten sie den Kopf, gerade weil sie sahen, welch unnützen Gebrauch er davon machte.

2

Das Kettenglied

Tilmans Vater war Dachdecker mit Leib und Seele. Er hatte die Firma »Wölzinger & Söhne« von seinem Vater übernommen, so wie dieser vom Großvater und dieser wiederum vom Urgroßvater, und fühlte sich als Glied in einer würdigen Kette. Die Geschäfte gingen ordentlich und zuverlässig, ohne dass sie allerdings floriert hätten: Der Betrieb war gesund, brachte jedoch nicht allzu viel ein – so war es bereits beim Vater, beim Großvater und beim Urgroßvater gewesen. Jeder Wölzinger in der Kette bemühte sich, die Firma auf ein weniger bescheidenes Niveau zu heben, musste jedoch früher oder später feststellen, dass seinen Bemühungen der Erfolg versagt blieb, und übertrug seine unerfüllten Hoffnungen auf den Nachfolger. Auch Tilman sollte, so war es vom Tag seiner Geburt an beschlossen, die Dachdeckerei einmal fortführen und das, was seit Generationen überfällig war, endlich zuwege bringen.

Der Vater war für seinen Jähzorn berüchtigt, für seine herrische Ungeduld, die selbst bei kleinen Anlässen in Rabiatheit umschlagen konnte und mit der er nicht nur seine Lehrlinge im Betrieb, sondern auch Bekannte, Freunde und Familienangehörige traktierte. Sein Gesicht, das von Natur aus kräftig durchblutet war, hatte in langen Jahren der Arbeit unter freiem Himmel eine ziegelrote Färbung angenommen; wenn ihn ein Wutanfall heimsuchte, gewann dieser Ton zusätzlich an Kraft, steigerte sich zu einer furiosen Mischung aus Karmesinrot und Violett, und selbst bei kältestem Wetter trat zwischen Mund und Nase ein schimmernder Schweißfilm hervor.

Zumal seine Angestellten versetzten ihn immer wieder in Zorn. Sie hatten, so glaubte er, wenig anderes im Sinn, als seine Anweisungen zu missachten und ihn auf alle nur möglichen Arten zu hintergehen und zu schädigen. Mit einer sprachlichen Originalität, die sonst nicht typisch für ihn war, nannte er sie »meine bezahlten Feinde«, und oft geschah es, dass Passanten auf der Straße erschrocken stehen blieben und in die Höhe hinaufblickten, wenn der Vater auf einem Dach mit brüllender Stimme, voller Wut seine Arme schwenkend, einem Lehrling eine Standpauke hielt. Zuweilen beging er auch kleine bis mittlere Tätlichkeiten, versetzte seinen Angestellten kurze, ansatzlos aus dem Unterarm hervorschießende Puffe gegen die Brust und die Schultern; dies tat er freilich nur, wenn er sich zu ebener Erde befand, denn so aufbrausend er sein mochte, besaß er doch einen nüchternen Sinn für die praktischen Folgen seines Tuns.

Der Vater war von der Vorstellung, dass Tilman eines Tages sein Nachfolger sein würde, ganz und gar, bis zur Unvernunft durchdrungen. Er brachte es nicht fertig, Tilman auch nur ein einziges Mal anzusehen oder mit ihm zu sprechen, ohne dass sogleich, und sei es nur in flüchtigster Form, der Gedanke an die zukünftige Geschäftsübernahme durch seinen Kopf huschte. Wenn Tilman, als er noch ein kleiner Junge war, im Wohnzimmer auf dem Fußboden saß und mit seinen Bauklötzen Häuser, Türme oder sonstige Gebilde errichtete, rieb sich der Vater voller Behagen die roten Hände und sagte: »Gell, ein kleiner Dachdecker!«

Eines Sonntagmorgens nahm er seinen fünfjährigen Sohn bei der Hand, setzte ihn in den Lieferwagen der Firma und fuhr mit ihm zu einer Baustelle. Dort kletterte er mit ihm über das Gerüst auf den frisch fertiggestellten Dachstuhl hinauf, trug ihn in seinen kräftigen Armen über das Gebälk und zeigte ihm sein künftiges Wirkungsfeld. Der kleine Tilman, der kaum begreifen konnte, was geschah, schlang seine Hände um den Nacken des Vaters und blickte mit aufgesperrten Augen, das Gesicht blass wie Kreide und am ganzen Körper zitternd, mal auf die schrägen Balken, über die sie balancierten, mal auf den Richtkranz, dessen bunte Bänder im Wind flatterten. Die starrenden Blicke des Söhnchens hatten es dem Vater angetan: Er las in ihnen eine allererste, noch scheue Begeisterung für seine kommende Tätigkeit und fühlte sich in den Plänen, die er für ihn hegte, in schlagender Weise bestätigt.

Tilman besuchte, anders als die vorangegangenen Wölzingers, das Gymnasium. Doch als er die Mittlere Reife erreichte, nahm ihn der Vater von der Schule, denn für einen Dachdecker, das verstand sich von selbst, war das Abitur gänzlich unnütz, jedes weitere Jahr, um das die Schule Tilman vom Eintritt in die Firma abhielt, wäre vergeudet gewesen. Mit Tilmans Leistungen stand es ohnehin nicht zum Besten: Er war verträumter und weniger fleißig, als seinen Noten zuträglich war; allzu oft bewegten sich seine Gedanken nicht dort, wo sie sich nach Meinung der Lehrer hätten bewegen sollen; und immer wieder erwies es sich als eine überaus zähe und unerfreuliche Angelegenheit, ihm selbst einfache mathematische Zusammenhänge begreiflich zu machen. So schien er in seiner Klasse lediglich zur geistigen Mittelschicht zu gehören, und die Lehrer hielten seinen Verbleib auf dem Gymnasium zwar für möglich, keineswegs aber für zwingend.

Tilman fügte sich in das Geschehen. Dass er ein Dachdecker werden sollte, gehörte zu den Selbstverständlichkeiten seines Lebens, die er von früh auf eingesogen hatte; selbst der Name »Wölzinger & Söhne« schien es auf ebenso diskrete wie unwidersprechliche Weise von ihm zu fordern. Zwar wäre er nicht ungern noch weiter zur Schule gegangen; auch sagte er sich in seinen selbstbewussten Momenten, dass die Klassenkameraden, die aufmerksamer als er dem Unterricht lauschten, nur eben weniger wählerisch seien und nichts besaßen, wovon sie träumen konnten. Wenn er sich ausmalte, dass er die nächsten vier Jahrzehnte auf den Dächern Nagoldshausens verbringen sollte, befiel ihn eine unterschwellige Nervosität: Gab es wirklich keinen anderen Weg für ihn? Doch Auflehnung war nun einmal seine Sache nicht; und bloß wegen eines Gefühls von Unbehagen, das er kaum in Worte kleiden konnte, seine Bestimmung infrage zu stellen, fiel ihm nicht ein – zumal er voraussah, dass dies ein Beben von ungeheurer Heftigkeit ausgelöst hätte, vor dem selbst andere, zum Widerspruch Befähigtere zurückgeschreckt wären.

3

Franzi

An seinem siebzehnten Geburtstag erreichte Tilman, wie der Vater mit dem Zollstock ermittelte, die Größe von zwei Meter acht. Anders als bei früheren Geburtstagen musste der alte Wölzinger den Zollstock nun bereits zweimal anlegen, und auf seinem Gesicht erschien nicht mehr jene plumpe und stolze Genugtuung, die frühere Messungen begleitet hatte, sondern ein Ausdruck von Besorgnis; denn er sagte sich, dass eine solch gewaltige Körperlänge für einen Dachdecker alles andere als günstig sei. Während er nicht mehr auf dem Türrahmen, sondern schon eine Handbreit darüber Tilmans Größe markierte, ließ er ein unfreies Atmen hören, das wie die Vorstufe eines Stöhnens war; auch zog er keinen satten, amtlich wirkenden Strich mehr, sondern begnügte sich mit einem zarten Kreuzchen, das auf dem lebhaften Muster der Tapete kaum zu entdecken war.

– Na, mit siebzehn bist du ja wohl ausgewachsen!, sagte er, ließ ein längeres Nicken sehen und klappte den Zollstock mit geübten Griffen zusammen. Offenkundig wollte er seinen Sohn beruhigen, der mit etwas kläglichem Gesicht, die Arme vor der Brust verschränkt, am Türrahmen lehnte, doch in seiner Stimme lag ein Ton bemühter, übertriebener Bekräftigung, den Tilman, der für Nuancen dieser Art ein feines Gehör besaß, keineswegs als beruhigend empfand.

Tilman leistete auf den Dächern des Städtchens ordentliche Arbeit. Er stellte sich gelehrig an und hatte den Wunsch, seine Sache gut zu machen, die Erwartungen des Vaters, die er auf seinen Schultern lasten fühlte, nicht zu enttäuschen. Zwar besaß er, wie sich bald herausstellte, kein großes handwerkliches Geschick, doch glich er diesen Mangel durch einen Überschuss an gutem Willen aus. Vom Vater hatte er die Schwindelfreiheit geerbt (hier zeigte es sich, dass die Gesetze der Vererbung auch für ihn Geltung besaßen) und bewegte sich in der Höhe mit einer kaltblütigen Unangefochtenheit, über die er in den ersten Tagen selbst staunen musste.

Mit den Angestellten des Vaters versuchte er leidlich auszukommen, behandelte sie mit großer Freundlichkeit, was ihm keine Mühe bereitete, und ließ sich doch nicht vertraulicher, als nötig war, mit ihnen ein. Es handelte sich um drei starkknochige, nicht mehr junge, zum Teil schnauzbärtige Männer, die von Frühling bis Herbst, wenn die Witterung es ihnen irgend erlaubte, mit nacktem Oberkörper arbeiteten und zu jeder Zeit des Tages

Bier tranken. In den Pausen genossen sie es, ihre entblößten Bäuche der Sonne entgegenzustrecken, die Bierflaschen in den Händen zu drehen und einander ausführlich, mit großem Sinn für Einzelheiten, über ihre sexuellen Betätigungen vom Vorabend zu berichten. Mit Tilman konnten sie nichts anfangen; es fiel ihnen schwer, auch nur minutenweise zu vergessen, dass er der Sohn des Mannes war, der ihnen Puffe aus dem Unterarm versetzte; und seine höflichen Formulierungen, die auf Baustellen sonst nicht zu hören waren, deuteten sie als Beweis, dass er sich für etwas Besseres hielt.

Von dem kleinen Gehalt, das der Vater ihm zahlte, nahm sich Tilman eine Wohnung am Rand des Städtchens mit Blick auf den Neckar. Von einem Schreiner ließ er sein Bett verlängern, was notwendig war, denn bereits seit längerem schlief er mit angewinkelten Knien. Auch schaffte er sich ein Klavier an: Schon immer hatte er den Traum gehabt, selbst Musik zu machen, doch im Elternhaus war es unmöglich gewesen: Niemals hätte er den Mut aufgebracht, mit dieser Bitte herauszurücken, schon weil der Vater sich unter Lachen geweigert hätte, sein Geld für etwas so Unsinniges wie ein Instrument auszugeben. Jetzt stand in seinem Zimmer ein aus dritter Hand gekauftes Klavier, dessen schwarzer Lack sich blätternd löste und aus dem die Töne dumpf-schollernd hervordrangen wie aus einer Tonne. Er nahm Unterricht bei der einzigen Klavierlehrerin, die sich in Nagoldshausen finden ließ, und es erwies sich, dass er begabt war: Er machte zügige Fortschritte und besaß einen feinen Anschlag, der sich von selbst einstellte, bereits in den ersten Tagen des noch unbeholfenen Klimperns da war wie ein Geschenk; die Lehrerin brauchte ihn weder zu verbessern, noch konnte sie ihn durch ihren ungeschickten Unterricht verderben.

Bei einer Geburtstagsparty lernte er Franzi kennen. Sie gefiel ihm bereits beim ersten Hinsehen, denn sie hatte ein gut gelauntes, wenn auch nicht feines Gesicht mit einer vorteilhaften Stupsnase; dazu trug sie beinahe blonde Haare, die sie sich immer wieder mit einer verspielten Geste hinter die Ohren strich, in manchen Augenblicken aber auch üppig ins Gesicht fallen ließ, sodass sie wie ein Vorhang von beiden Seiten her über ihre Wangen fielen und nichts als die Nase freiließen, die auf diese Weise besonders stark zur Geltung kam.

Franzi war klein, kam über ein Meter sechzig nur wenig hinaus, und überdies war sie zart und schlank gebaut, ein beinahe knabenhaftes Mädchen. Wenn sie neben ihm stand, reichte ihre Stirn gerade bis an den Ansatz seiner Brust, und wenn er von oben her den Arm um sie legte, konnte sie bequem ihren Kopf in die Beuge seines Ellbogens schmiegen. Das gefiel ihr, denn sie »mochte große Jungs«, wie sie mit einem Lächeln erklärte, »je größer, desto besser!« Wenn sie mit Tilman durch das Städtchen ging, registrierte sie aufmerksam und mit weiblichem Stolz, dass kaum ein Passant sich enthielt, das stark kontrastierende Paar in Augenschein zu nehmen. Sie küssten sich schon beim zweiten Wiedersehen. Tilman war zwar nicht so selig, wie er es sich erhofft hatte, kam aber doch auf seine Kosten.

Franzi kannte in Nagoldshausen und der weiteren Umgebung Gott und die Welt, und es war ihre hauptsächliche Beschäftigung, auf Partys und ähnliche Veranstaltungen zu gehen. Anfangs staunte Tilman, dass nicht nur am Samstag, sondern auch an allen übrigen Tagen mit großer Zuverlässigkeit irgendwo ein lustiges Zusammensein stattfand; und überall gehörte Franzi zu den Eingeladenen und trug nach Kräften dazu bei, das Zusammensein noch lustiger zu machen. Wohin sie auch kamen, stellte Franzi Tilman mit den Worten: »Das ist mein Langer!« vor, wobei sie ein lustiges Lächeln aufsetzte, den Kopf in den Nacken legte und, die Augen zusammenkneifend, als richte sie ihren Blick auf einen Punkt in weiter Höhe, zu ihm emporblickte.

Tilman sammelte binnen weniger Wochen einen großen Kreis von Bekannten. Alle besaßen so starke Ähnlichkeit miteinander, dass er nur die wenigsten von ihnen mit einem Namen, geschweige denn einer Persönlichkeit in Verbindung bringen konnte: Sie verschwammen in seiner Erinnerung zu einem einzigen Gewimmel aus Leibern und Gesichtern. Bald kannte er Dutzende und niemanden; und wenn sich auf einer Party das Gewimmel teilte und dieser oder jener mit fröhlichem Lächeln auf ihn zukam, wusste er beim besten Willen nicht, ob er ihn schon einmal gesehen hatte. Dann war er erleichtert, wenn Franzi ihr »Das ist mein Langer!« ausrief und schelmisch die Augen zusammenkniff, denn es zeigte ihm, dass er den Betreffenden nicht etwa vergessen hatte, sondern in diesem Moment erst seine Bekanntschaft machte.

Es entging Tilman nicht, dass Franzi ein einfaches Mädchen war, wie es sie in großen und munteren Scharen gab. Des Öfteren kam es vor, dass er einen ganzen Tag und eine ganze Nacht mit ihr verbrachte und sich beim Abschied nicht erinnern konnte, auch nur einen einzigen Satz von ihr gehört zu haben, der über das Simpelste hinausgegangen wäre. Doch seine Zuneigung ließ ihn über derlei mit einem Lächeln hinwegsehen. Er hatte sich schon immer eine Freundin gewünscht, und nun, da sein Wunsch in Erfüllung gegangen war, wollte er sich die Freude nicht ankränkeln lassen, scheute er sich, ein allzu genaues Auge auf gewisse Dinge zu werfen, die ihn an Franzi hätten irremachen können. Ja, es wäre ihm geradezu unbescheiden erschienen, an sie große Ansprüche zu stellen, denn er selbst hatte doch auch nichts vorzuweisen, das beeindruckend gewesen wäre! Niemand hatte ihn je gelehrt, einen Menschen in sich zu sehen, der etwas besaß, das ihn über andere hinaushob. Und überdies war er von klein auf daran gewöhnt, dass um ihn her nur selten Sätze fielen, die über das Simpelste hinausgingen.

4

Die Musterung

Als Tilman, nur mit Unterhose und Strümpfen bekleidet, in das Untersuchungszimmer trat, lehnte sich der Arzt, ein junger, doch bereits vollkommen ergrauter Mann mit einer Hornbrille, die wegen ihrer überdicken, aus mehreren Schichten zusammengesetzten Gläser an ein medizinisches Gerät erinnerte, verblüfft im Stuhl vor.

– Ohoo! Guten Tag. Sie brauche ich gar nicht erst zu untersuchen! Ziehen Sie sich gleich wieder an.

Tilman schämte sich seines jämmerlich-halbnackten Zustandes, konnte spüren, wie der Blick des Arztes, der durch das Gerät vor seinen Augen an Eindringlichkeit noch gewann, über verschiedene Partien seines Körpers wanderte, und fror überdies, obwohl er Socken trug, auf dem gekachelten Boden.

– Wieso brauchen Sie mich nicht zu untersuchen?, fragte er.

– Weil Sie zu groß sind, ganz einfach.

Der Arzt wandte sich zu einem Assistenten, der in einer Ecke des Raums an einem Tischchen saß, und machte eine Geste, die »erledigt« zu bedeuten schien. Der Assistent notierte etwas in eine Akte und setzte sich dann mit gemütlicher Erleichterung im Stuhl zurecht, die Hände auf seinem vor der Zeit dick gewordenen Bauch gefaltet und froh, dass er einstweilen nichts mehr zu tun haben würde.

– Wie groß sind Sie?, fragte der Arzt. Er stand von seinem Schreibtisch auf und kam auf Tilman zu, um ihn von nahem zu betrachten. – Lassen Sie mich mal schätzen. Zwei Meter zehn? Etwas weniger vielleicht?

– Ich weiß nicht. Der Vater hat mich lange nicht gemessen. Beim letzten Mal ... waren es zwei Meter acht.

– Na also! Sehen Sie!

In seinem Gesicht malte sich ein lebhaftes fachliches Interesse, zugleich schien er dankbar, dass er bei seiner eintönigen, von Routine getränkten Tätigkeit ausnahmsweise etwas Interessantes zu sehen bekam. Er versenkte die Hände in den Taschen seines weißen Kittels, wobei er die abgespreizten Daumen hervorblicken ließ, und ging langsam, mit leise quietschenden Gummisohlen um Tilman herum; dabei studierte er, im Widerspruch zu seiner Ankündigung, dass sich eine Untersuchung in diesem Fall erübrige, seinen Körper mit präzisen Blicken. Tilman spürte Schweißperlen auf seiner Stirn, obwohl der Raum nicht geheizt war und seine Füße immer empfindlicher froren.

Es drängte ihn, etwas zu sagen, denn sich unter Schweigen, wie ein stummes Objekt, beäugen zu lassen, schien ihm noch erniedrigender; so fragte er:

– Bin ich jetzt ausgemustert?

– Natürlich! Das sind Sie.

– Aber ... darf ich fragen, wieso? Bloß ..., weil ich so groß bin?

– »Bloß« ist gut!

Der Arzt lächelte mit gebleckten Zähnen und schien an der Angelegenheit wachsendes Vergnügen zu empfinden. Ohne seinen Rundgang zu unterbrechen, warf er dem Assistenten einen zwinkernden Blick zu, den dieser jedoch nicht bemerkte, da sich seine Augen inzwischen geschlossen hatten.

– Überlegen Sie mal, sagte der Arzt zu Tilman. So große Exemplare wie Sie können wir beim Bund nicht gebrauchen. Es fängt schon damit an, dass wir keine passende Uniform für Sie haben. Die müsste erst einmal auf Maß für Sie geschneidert werden. Und es würde mich auch nicht wundern, wenn Ihr Kopf zu groß für die Helme wäre. Sagen Sie, welche Hutgröße haben Sie?

– Weiß nicht. Ich ... habe gar keinen Hut.

– Das lässt sich schnell feststellen. Kommen Sie; wir müssen Sie sowieso noch messen.

Er zog aus seinem Kittel ein Maßband hervor, forderte Tilman durch eine Geste auf, den Oberkörper zu ihm herabzubeugen, und legte das Band um seinen Kopf.

– Aha. Dreiundsechzig Zentimeter. Na, das ist gar nicht mal so viel. Da würden wir sogar, mit Ach und Krach, etwas Passendes für Sie finden.

Er legte das Band auf seinen Schreibtisch und machte eine wegwerfende Geste.

– Aber egal! Auf den Kopf kommt es gar nicht an. Der ganze Rest ist zu groß, und damit ist die Sache erledigt.

Er stellte sich hinter Tilman und klopfte ihm mit zwei Fingern erst gegen das rechte, dann gegen das linke Schulterblatt.

– Wissen Sie, es geht heute nicht mehr so zu wie im Alten Preußen. Damals gab es noch die »Langen Kerls«. Haben Sie von denen schon mal gehört?

Tilman schüttelte den Kopf.

– Das war die Leibgarde von Friedrich Wilhelm dem Ersten, dem Soldatenkönig. Eine Art Hünen-Truppe. Da wurden nur die Allergrößten genommen; jeder musste mindestens zwei Meter lang sein. Aus ganz Europa hat man die Kerls zusammengesucht. *Sie* wären da mit Kusshand genommen worden, das ist klar.

Er setzte seinen Daumen auf Tilmans Genick und ließ ihn über die Wirbelsäule abwärts gleiten.

– Aber die Zeiten haben sich geändert, wie gesagt. Heute ist alles auf normales Maß zurückgestutzt. An Riesen gibt's keinen Bedarf mehr; wir brauchen bloß noch Männer von der Stange.

Er nahm wieder seinen Rundgang um Tilmans Körper auf, die Hände in die Seiten gestützt, den Kopf mit dem medizinischen Gerät leicht vorgestreckt.

– Sagen Sie mal, sind Sie eigentlich enttäuscht? Wären Sie gerne zum Kommiss gegangen?

Tilman zögerte. Es schien ihm wenig taktvoll zu sein, sich bei der Musterung darüber auszulassen, dass er keineswegs gerne Soldat geworden wäre. Zugleich aber scheute er sich, eine unaufrichtige Antwort zu geben; denn alles Heuchlerische war ihm zuwider, er brachte es nicht über sich, selbst eine harmlose, im Vorbeigehen hingestreute Unwahrheit zu sagen. Auch wollte er gerade diesem Mann, der ihn untersuchte wie einen präparierten Leichnam, nicht nach dem Munde reden.

– Na ja …, enttäuscht …, enttäuscht eigentlich nicht.

– Das habe ich mir doch gedacht!

Der Arzt klopfte ihm gegen den rechten Oberarm, wobei nicht deutlich wurde, ob dies der Untersuchung diente oder eine freundlich gemeinte Geste war.

– Es ist gar nicht schlecht, dass Ihnen Ihre Größe auch mal einen Vorteil einbringt. Das kommt ja wohl sonst nicht häufig vor, was?

Tilman zuckte mit den Achseln.

5

Praktische und sonstige Schwierigkeiten

Die Arbeit auf den Dächern fiel Tilman neuerdings nicht mehr leicht. Seit der Musterung war er weiter gewachsen, und die hinzugekommenen Zentimeter wirkten sich in bemerkbarer Weise aus, schienen den Schwerpunkt seines Körpers über eine kritische Schwelle hinaus verschoben zu haben. Das Umherklettern in der Höhe, das ihm bisher so wenig Mühe bereitet hatte, wurde jetzt zu einem prekären Akt, er musste einen guten Teil seiner Aufmerksamkeit dafür abzweigen, sich mit seinen überlangen Armen und Beinen in der Balance zu erhalten. Sein ruhiges Blut kam ihm abhanden, immer öfter geschah es, dass er mitten in einer harmlosen Bewegung, die er früher mit Leichtigkeit genommen hätte, plötzlich von Angst gepackt wurde und mit fliegenden Händen nach rechts und links griff, um das Schlimmste zu verhindern …

Auch andere Schwierigkeiten stellten sich ein. Die schwarzen Hosen aus derbem Cord, die Tilman bei der Arbeit trug, ließen sich nirgends mehr in passender Größe für ihn kaufen. Die Mutter war geschickt in allen Näharbeiten, hatte als junge Frau sogar einige Jahre in einer Textilfabrik gearbeitet, und so übernahm sie es, die Hosen für ihn zu schneidern. Tilmans Schuhe mussten, da seine Füße nicht weniger stark wuchsen als der übrige Körper, von einem Schuster auf Maß gearbeitet werden, was eine beträchtliche Summe Geldes kostete, wie der Vater mit deutlichem Missmut anmerkte. Ein Arbeitshelm von geeigneter Größe war weder zu kaufen, noch fand sich jemand, der ihn anfertigte; so trug Tilman auf den Dächern nur noch Schieber- und Pudelmützen, die wiederum die Mutter beisteuerte.

In den Arbeitspausen saß Tilman ein Stück abgerückt von seinen Kollegen, sodass es ihm erspart blieb, ihre burlesken Gespräche mit anzuhören, still auf einem Dachbalken, kaute sein mitgebrachtes Butterbrot und sah in die Ferne. Von Kindesbeinen an kannte er den Ausspruch des Vaters: »Als Dachdecker haben wir immer einen Logenplatz, gelle!«, und er musste dem Vater recht geben: Es waren die schönsten Viertelstunden im zähen Gang des Arbeitstages, wenn er allein für sich die Aussicht auf das Städtchen genießen durfte. Nagoldshausen hatte sich zu guten Teilen ein mittelalterliches Gepräge erhalten; die Altstadt mit dem hübschen Auf und Ab der rot geziegelten Dächer, den gestuften Giebeln der alten Bürgerhäuser, die sich, fast allzu säuberlich herausgemacht, um den Marktplatz drängten, bot das Bild einer traumartigen, dem Fluss der Zeiten widerstehenden Vergangenheit. Weiter entfernt breiteten sich, ohne wegen ihrer zweckmäßigen Unschönheit Scham zu empfinden, moderne Viertel aus; und gegen den Horizont hin lagerten die Rücken der Schwäbischen Alb, zeichneten fein ihre Kammlinien in den dunstig zerfließenden Himmel.

Der Blick aus der Höhe hatte Tilman früher beruhigt, ihm neue Kräfte für die Strapazen zuströmen lassen, die der restliche Tag für ihn in Bereitschaft hielt; jetzt konnte ihn das schöne Bild bedrückt machen, oder es weckte eine Bedrücktheit auf, die sich bereits in ihm vorbereitet hatte. In solchen Momenten spürte er beklommen, wie weit all die Dinge im Städtchen von ihm abgerückt waren, in eine große und unerreichbare Ferne hinein; es war ihm zumute, als könne er nie wieder aus seiner Höhe herabsteigen, oder als sei der Abstieg nur ein sinnloser Versuch, sich gegen die gespenstische Unerreichbarkeit der Dinge aufzulehnen. Dann befiel ihn ein Gefühl von Einsamkeit; und wenn er sich sagte, dass dort unten, irgendwo in der verwinkelten Stadt, Franzi lebte und dass er sie schon in wenigen Stunden, sobald die Arbeit endete, in seine Arme schließen würde, nahm die Einsamkeit doch nicht ab: Auch Franzi entzog sich ihm, war in der unüberwindlichen Ferne verloren, und nie mehr würde ein zärtliches Wort aus seinem Mund, eine liebende Geste seiner Hand sie erreichen.

Tilman wollte, endlich erwachsen geworden, seinen Führerschein machen. Gemeinsam mit Franzi träumte er davon, sich ein äußerst billiges Auto zu kaufen und am Wochenende zu Ausflügen in die Umgebung aufzubrechen, vielleicht sogar einmal eine Rundreise durch die Schweiz zu machen, nicht ohne einen Abstecher an die ober italienischen Seen, von denen sie schöne Bilder kannten. Aber diese Wünsche gingen zu seiner und Franzis Enttäuschung nicht in Erfüllung, zerschellten kläglich an der Wirklichkeit oder genauer: an den Nagoldshausener Fahrschulen. Es gab deren vier; Tilman suchte eine nach der anderen auf, doch nirgends war man bereit, ihn als Schüler anzunehmen – überall wurde er schon bei der Vorstellung oder nach der ersten Fahrstunde abgewiesen. Seine Beine drückten von unten gegen das Lenkrad oder stießen seitlich gegen den Schaltknüppel; es bereitete ihm Schwierigkeiten, mit seinen Füßen die Pedale zu bedienen, und sein Kopf, den er weit nach vorn gebeugt halten musste, um nicht gegen den Dachhimmel zu stoßen, näherte sich in bedenklicher Weise der Windschutzscheibe.

Franzi nahm sich die Angelegenheit sehr zu Herzen, legte eine Erbitterung an den Tag, mit der Tilman nicht gerechnet hatte. Sie war gerade erst sechzehn geworden, konnte sich daher beim besten Willen kein eigenes Auto kaufen, war in diesem Punkt ganz und gar auf Tilman angewiesen. Auto zu fahren gehörte für sie zum eisernen Bestand des Normalen und Angenehmen: Seit sie die Kindheit abgestreift hatte, träumte sie davon, in einem

Cabriolet durch Nagoldshausen zu fahren, sich vom Wind die beinahe blonden Haare zerwühlen zu lassen und dabei einen Juchzer der Begeisterung auszustoßen. Zum ersten Mal wirkte sich Tilmans Größe in einer Weise aus, die sie als eine Beeinträchtigung ihres Vergnügens empfand; Tilman schien ihr, und sei es auch schuldlos, ein Unrecht zuzufügen, das sie nicht einfach hinnehmen durfte, für das sie eine Entschädigung erhalten musste.

– Gibt es denn nicht irgendwo eine Fahrschule, die besonders große Autos hat?, fragte sie ihn.

– Nein, leider, Franzi. Ich habe mir sämtliche Fahrschulen in der Stadt angesehen. Die Autos sind überall gleich groß.

– Und wie ist es in Stuttgart? Oder in Karlsruhe? Da gibt es doch viel mehr Fahrschulen als hier bei uns. Vielleicht ist eine mit größeren Autos dabei!

– Ach, Franzi, ich glaube nicht …

– Fahr doch mal nach Stuttgart! Warum denn nicht?! Irgendeine Möglichkeit muss es doch geben, verflixt!

– Ich könnte versuchen, einen Führerschein für Lastwagen zu machen. Da hätte ich es wahrscheinlich leichter, meine Beine unterm Lenkrad durchzuschieben.

Dies war als Scherz gemeint; doch Franzi war zu aufgeregt, um solche Feinheiten zu bemerken; sie schüttelte mit einer heftigen Bewegung den Kopf, sodass ihre Haare, wie von einem Windstoß gepackt, um ihr Gesicht flatterten:

– Verdammt noch mal! Ich will doch nicht im Lastwagen fahren!

Tilman war ratlos. Es bedrückte ihn, dass er Franzi solchen Schmerz zufügen musste; doch wenn er sich fragte, was er sich denn eigentlich habe zuschulden kommen lassen, wie er es verdiene, dass ihre Wut sich gerade gegen ihn richte, konnte er keine Antwort finden. Dass die Zuneigung, die Franzi für ihn empfand, sehr von körperlichen Dingen abhing, daran zweifelte er nicht. Seine überlange Gestalt hatte es ihr angetan: Sie liebte es, mit beiden Armen seine gewaltigen Schultern zu umspannen und an sich zu ziehen; auch legte sie gern den Kopf auf seine Brust und lauschte mit geschlossenen Augen den Tönen seines Herzens, von denen sie sagte, sie klängen »lauter als bei anderen Jungs«. Wenn jedoch sein Körper zum Hindernis wurde, geriet sie sogleich in Verstimmung; es durfte nicht sein, dass seine Größe sich als eine Schranke zwischen sie und den Spaß des Autofahrens legte …

Um ihr einen Gefallen zu tun und seinen guten Willen unter Beweis zu stellen, verbrachte Tilman einen ganzen Tag in Karlsruhe und stellte sich bei nicht weniger als zehn Fahrschulen vor. Als er am Abend zurückkehrte, musste er Franzi von Neuem eine Enttäuschung bereiten.

6

Beim Doktor

Tilman suchte den Hausarzt der Familie, Doktor Blunck, auf, um ihn wegen seines Wachstums um Rat zu fragen. Als er in das Behandlungszimmer trat, beugte sich Blunck im Stuhl vor, was ihm eine gewisse Mühe abverlangte, denn sein aufgeschwemmter Bauch stieß sich an der Schreibtischkante, und rief: »Du bist aber wirklich groß geworden, mein Lieber!«

Blunck war ein älterer Mann mit gutmütigem und tief rosafarbenem Gesicht, bei dem niemand, der ihn ohne seinen weißen Kittel und außerhalb seiner Praxis angetroffen hätte, auf den Gedanken gekommen wäre, er könnte Arzt sein oder sonst einem Beruf nachgehen, für den Fähigkeiten besonderer Art nötig waren.

– Na, Tilman? Wie geht's dem Vater? Und der Mutter? Alles in Ordnung daheim?

Er setzte sich wieder im Stuhl zurecht und begann Tilman nach den kleinen und großen Bewandtnissen der Familie Wölzinger auszufragen. Was bei anderen Ärzten als freundliche Einleitung diente, schien bei ihm die Hauptsache: Er reihte onkelhafte Redensarten in großer Zahl aneinander, stellte immer neue Fragen nach Tilmans Vater, Mutter, Schwester und sonstigen Verwandten und interessierte sich dabei auch für abgelegene Einzelheiten, sodass Tilman oft erst nach einigem Überlegen, in manchen Fällen auch gar nicht, imstande war, seine Neugier zu befriedigen. Die Unterhaltung dauerte schon über zehn Minuten, als Blunck plötzlich, mit einer freundlich-bestimmten Geste, auf den Schreibtisch klopfte:

– Mein Lieber, drückt's irgendwo? Zieht's? Kneift's? Du bist ja sicher nicht gekommen, um mit mir über die liebe Verwandtschaft zu sprechen.

– Nein, Herr Doktor. Ich bin … wegen meiner Größe hier.

– Ach?! Wegen deiner Größe?

– Ja. Ich bin jetzt schon zwei Meter zwölf, und … das macht mir Sorgen.

Blunck warf ihm einen jovial erstaunten Blick zu; augenscheinlich war er noch nicht auf den Gedanken gekommen, dass ausgerechnet dies der Grund sein könnte, der Tilman zu ihm führte.

– Nun ja, du bist wirklich groß geworden, das stimmt. Ein richtiger Lulatsch. Es ist mir gerade eben schon aufgefallen, als du hereingekommen bist. Na, weißt du, was wir jetzt tun? Wir messen dich mal.

An der Wand des Konsultationszimmers war eine metallene Messlatte angebracht; sie endete bei zwei Meter und fünf. Tilman stellte sich vor die Latte, Blunck nahm ein großes Lineal vom Schreibtisch, schob einen Fußschemel zur Wand hin und stieg unter leichtem Stöhnen hinauf. Obwohl er nicht klein war, musste er sich auf die Zehenspitzen stellen und seine Arme in die Höhe recken; schnaufend, mit zusammengekniffenen Augen fixierte er das Lineal, das er nicht ganz gerade über der Latte anlegte …

– Die Füße immer schön zusammen, Tilman … Ja, so ist gut … Na, du hast recht, … zwei Meter zwölf, … oder, warte mal … nein, dreizehn … na, allerhand! …

Er stieg vom Stuhl herab und suchte, von einem leichten Taumeln ergriffen, Halt an seinem Schreibtisch wie ein Seekranker an der Reling.

– Ja, mein Lieber. Du bist wirklich lang, das muss man sagen. Wie alt bist du jetzt? Siebzehn? Oder sogar schon achtzehn?

– In drei Monaten werde ich neunzehn.

– Ach!

Blunck hatte die Eigenart, über medizinische Dinge in gemütlichem und leutseligem Ton zu sprechen, als handele es sich bei den Krankheiten, um derentwillen seine Patienten zu ihm kamen, um nichts als alltägliche Dinge wie das Wetter oder die neueste Nagoldshausener Lokalanekdote. Überhaupt schien er bei seiner Tätigkeit weniger medizinische Fachkenntnisse anzuwenden als den gesunden Menschenverstand. Auch jetzt suchte er nach irgendeiner beschaulichen Phrase, die Tilmans Größe in ein harmloses Licht rücken sollte, konnte jedoch nicht sogleich das Rechte finden. Darüber schien er selbst zu staunen; er rieb sich lange, mit verlegener Ausgiebigkeit die Nase und sagte schließlich:

– Mach bitte mal den Oberkörper frei.

Tilman zog sein Hemd aus und setzte sich auf einen Hocker. Blunck horchte seine Brust und seinen Rücken ab, klopfte mit zwei Fingern gegen seinen Hals, wozu er die Frage »Tut das weh?« stellte, die Tilman verneinte. Anschließend schlug er ihm mit einem kleinen Gummihammer gegen das Knie, beobachtete den Reflex und schien Rückschlüsse daraus zu ziehen.

– Sag mal, Tilman: Hast du hin und wieder Schmerzen in den Beinen, vor allem in den Gelenken? Das kann nämlich bei Jugendlichen, die stark wachsen, vorkommen, weißt du. Das liegt dann daran, dass die Gelenke überfordert sind.

Hierbei blickte er Tilman ernst und sozusagen würdig an; offenbar wollte er den Eindruck erwecken, dass er gerade eine Aussage tätige, die nicht auf dem gesunden Menschenverstand, sondern auf medizinischen Fachkenntnissen beruhte.

– Nein, Herr Doktor. Schmerzen habe ich nicht.

– Aber wenn du doch einmal welche haben solltest, dann wäre es jedenfalls kein Grund zur Sorge. Das mit den Gelenken ist keine schlimme Sache, weißt du. Es renkt sich früher oder später von selbst wieder ein.

Blunck ging zum Schreibtisch und ließ sich, als müsse

er nach einer empfindlichen Strapaze verschnaufen, mit einem stöhnenden Ausatmen in seinen Stuhl sinken, der seinerseits mit einem Knacken antwortete.

– Tja, Tilman, du bist mächtig in die Höhe geschossen. Aber das kommt eben manchmal vor. Mach dir darüber keine Gedanken. Es gibt junge Männer, die sind mit fünfzehn schon ausgewachsen, und andere, nun ja, die wachsen eben, bis sie siebzehn sind. So ist das, da kann man nichts machen.

– Ich bin fast neunzehn, Herr Doktor.

– Ja, richtig. Das hast du gerade schon gesagt …

Während Tilman sich das Hemd anzog, lenkte Blunck das Gespräch auf andere Dinge, wollte von Neuem dies und jenes über den Vater und die Mutter erfahren, und stellte dabei auch die eine oder andere Frage, die Tilman schon beantwortet hatte. Als zehn Minuten vergangen waren, geleitete er seinen Patienten unter herzlichen und ermunternden Redensarten, zufrieden mit sich, mit Tilman und allem, was es sonst noch auf der Welt geben mochte, aus dem Zimmer.

7

Franzi (Fortsetzung)

Tilman erregte in Nagoldshausen immer größeres Aufsehen. Was er auch tat – ob er eine Straße überquerte, an einer Bushaltestelle stand, in einem Café ein Stück Kuchen aß: Stets wurde man sofort auf ihn aufmerksam, Köpfe fuhren herum, Gespräche brachen ab, Münder öffneten sich. Nicht allzu viele gab es, die sich der Mühe unterzogen, diskret zur Seite zu blicken, ihre Schaulust zu verbergen, die meisten glotzten ihn mit unverhohlener Deutlichkeit an. Dies mochte seinen Grund auch darin haben, dass das Außergewöhnliche, den Rahmen des Üblichen Sprengende seiner Erscheinung so eindeutig war, dass es geradezu unglaubwürdig gewesen wäre, einen gewissen schauspielerischen Aufwand erfordert hätte, dezent darüber hinwegzuschauen. Manche lächelten ihn verlegen an, um das Unhöfliche ihres Verhaltens, dessen sie sich wohl bewusst waren, ein wenig zu mildern; andere grinsten ungeniert und augenzwinkernd, schienen darauf zu warten, dass er ihnen durch irgendein Zeichen zu verstehen gebe, dass er sich seines skurrilen Äußeren selbst bewusst sei und für die Verwunderung, die er um sich her auslöste, durchaus Verständnis besaß.

Von seinen alten Schulkameraden und Freunden wurde er nicht mehr »die Dachlatte« genannt. Der Name hatte sich überlebt, besaß keinen rechten Klang mehr, ja wirkte inzwischen sogar billig. Tilman hatte eine Größe erreicht, die nicht mehr auf schlichte Weise belustigend, kein naheliegender und dankbarer Anlass für sprachliche Witzeleien mehr war, sondern bereits einen unheilvollen Zug gewann, sodass selbst die gröberen unter seinen Kameraden sich scheuten, ihre Komik an ihr auszulassen. Die Wirklichkeit hatte den Spitznamen eingeholt und übertroffen; man hätte jetzt, um den alten Abstand wiederherzustellen, ein noch drastischeres Wort ersinnen müssen, doch dies gelang nicht oder wurde aus Schonung unterlassen.

Die Mutter sagte noch immer von Zeit zu Zeit: »Ja, ja, unser Tilman«, doch brachte sie den zweiten Teil des Satzes: »der wächst und wächst« nicht mehr über die Lippen. Die mütterliche Freude darüber, dass ihr Kind so prachtvoll gedieh, war nur noch als schwacher, kaum spürbarer Nachklang in ihr lebendig; und auch die heimliche Genugtuung, dass Tilman ihre Wunschvorstellungen von einem hünenhaften Mann erfüllte, hatte sich verflüchtigt. Dagegen waren ihre Sorgen sehr gewachsen: Immer wieder sah sie vor ihrem geistigen Auge alle möglichen Schrecknisse und Demütigungen, die ihrem Kind, diesem Über-Prachtexemplar, in der Zukunft drohen mochten und vor denen sie es nicht würde schützen können; und wenn sie in solchen Momenten mit kraftloser Stimme ihr »Ja, ja, unser Tilman« murmelte, glich es einem in Worte gekleideten Stöhnen.

Franzi sah neben Tilman inzwischen geradezu winzig aus. Wenn sie gemeinsam mit ihm durch die Straßen ging, reichte ihr Kopf nur noch bis zur Höhe seines Magens, und sein Arm, den er beim Spazierengehen gern um ihre Schulter legte, wirkte neben ihrem kleinen Gesicht ungeschlacht, schien wie ein kaum erträgliches Gewicht auf ihrem zierlichen Körper zu lasten. Die Passanten warfen den beiden noch eindringlichere Blicke zu, als wenn sie Tilman allein begegneten – und Franzi litt darunter. Bei ihren Gängen kam es jetzt nicht selten vor, dass sie ihn in verlegenem Ton bat, eine besonders belebte Straße zu meiden, lieber einen Umweg durch eine Seitengasse zu nehmen. Manchmal schlug sie sogar vor, einsame Spaziergänge in den Wäldern der Umgebung zu machen – dies ließ ihn umso mehr stutzen, als er bisher keinerlei Zeichen von Naturliebe an ihr bemerkt hatte.

Tilman spürte, dass er Franzi zur Last zu werden begann. Das machte ihn traurig, und zugleich gab er sich Mühe, es ihr nicht übel zu nehmen. Äußerliche Dinge spielten für sie nun einmal eine gewichtige Rolle, das verstand sich von selbst; auch besaß sie ein fein entwickeltes Gespür für alles, was üblich, verbreitet, allerweltshaft war, und fühlte sich nirgendwo geborgener als im Schoß der Durchschnittlichkeit. Wie hätte sie nicht darunter leiden sollen, dass er ein Abweichler war? Früher war sein Anderssein ihr reizvoll erschienen, Tilman hatte sich von ihren übrigen Freunden auf eine originelle, ihren geschmacklichen Vorlieben entsprechende Weise abgehoben, dabei auch gewisse Grenzen eingehalten, noch nicht die Zone des Grotesken und Lachhaften erreicht – dies änderte sich nun, und er sah voraus, was folgen musste.

Jedesmal, wenn Tilman und Franzi auf einer Party erschienen, wurden sie von zahlreichen lustigen Scherzen empfangen, die auf Tilmans Größe und Franzis Kleinheit gemünzt waren. Die Geschichte, dass Tilman von insgesamt vierzehn Fahrschulen abgewiesen worden war, hatte sich zügig verbreitet und übte auf Franzis Freunde einen Reiz aus, der sich auch durch ständige Wiederholung nicht abzunutzen schien. Abend für Abend musste sich Tilman von Leuten, die er weder mit einem Namen noch einer Persönlichkeit in Verbindung zu bringen wusste, gut gelaunte Bemerkungen darüber anhören, dass er noch immer keinen Führerschein besaß und, aller Voraussicht nach, auch niemals einen besitzen würde. Zwar war er seit langem daran gewöhnt, dass man sich über seine Größe lustig machte, doch gerade diese Scherze setzten ihm zu: Er empfand sie als einen Ausbund an Häme, wie er ihn selbst den trübsten unter Franzis Freunden nicht zugetraut hätte; und der Schmerz, den er spürte, nutzte sich auch durch ständige Wiederholung nicht ab.

Wenn Franzi, was noch immer gelegentlich geschah, Tilman einem ihrer Freunde vorstellte, sagte sie nicht mehr: »Das ist mein Langer!« und blickte auch nicht mehr mit zusammengekniffenen Augen zu ihm empor. Tilman begriff, dass sie den vielen Witzen, die über ihn gemacht wurden, nicht ohne Not einen weiteren hinzufügen wollte. Doch ihr dafür dankbar zu sein, gelang ihm nicht, denn sein Instinkt sagte ihm, dass ihr vor allem daran gelegen war, sich selbst zu schonen: Jeder Scherz, der auf Tilman zielte, traf auch sie.

Immer öfter, wenn er auf einer Party neben ihr stand, kam es vor, dass er den Blick auf einen Punkt im Leeren richtete und gar nicht mehr auf Franzis lebhafte Redereien lauschte, sondern in sein Inneres hinein; dort hörte er eine sanfte und bergende Stille, die sich gegen den Lärm jeder Party zu behaupten wusste.

Eines Nachmittags trafen sie sich in einem Café. Schon bei der Begrüßung bemerkte Tilman, dass ein gespannter, fast ängstlicher Zug in Franzis Augen lag, den er nie zuvor an ihr bemerkt hatte; und er spürte voraus, dass sie ihm etwas Folgenschweres eröffnen würde. Während sie in der Karte blätterte und nach dem Kellner Ausschau hielt, sagte sie kein einziges Wort; dies bestärkte seine unguten Ahnungen, denn sonst war es ihr nicht gegeben, an einem Cafétisch Platz zu nehmen, ohne ihm sogleich munter-schwallhaft zu berichten, was sie in den zurückliegenden Stunden getan hatte. Tilman bestellte sich einen Kaffee und war überzeugt, dass es der letzte sein würde, den er je mit Franzi trank; dabei spürte er mit dumpfem Staunen, dass ihn diese Erwartung nicht sehr berührte.

Plötzlich sagte sie: Ich muss mit dir über etwas sprechen.

– Ja? Schieß los.

– Wir … müssen uns trennen. Seit gestern … ist in meinem Leben alles anders.

Tilman kamen diese Sätze bekannt vor; er erinnerte sich, dass er mit Franzi vor ein paar Tagen in einem amerikanischen Kinofilm gewesen war, in dem sich eine Blondine mit sehr ähnlichen Worten von ihrem Liebhaber getrennt hatte. »Was für eine blödsinnige Szene«, hatte er zu sich selbst gesagt; und es stieß ihn vor den Kopf, dass Franzi jetzt keine Scheu empfand, ihm die gleichen billigen Phrasen ins Gesicht zu sagen. Zugleich begriff er, wie wenig es ihm bedeutete, Franzi zu verlieren, wie gleichgültig und ausgenüchtert er bereits sein musste, wenn diese Einzelheit ihn so sehr zu fesseln vermochte: Der Abschied war für ihn kaum mehr als ein sprachliches Ärgernis.

– Sag mir nur eins: Wer ist es?

Auch diese Worthülse stammte aus dem Film; es reizte Tilman, sich ebenso billig und hollywoodartig wie Franzi auszudrücken.

Ohne das parodistische Spiel zu durchschauen, schlug sie die Augen nieder und schwieg eine Weile.

– Du kennst ihn, Tilman … Es ist … Johannes.

– Johannes? Der Name sagt mir nichts.

– Aber … Wir haben ihn vor ein paar Tagen noch gesehen …

– Ja, und?! Ich kenne alle deine Freunde, aber es fällt mir schwer, sie auseinanderzuhalten.

Sie lächelte verkrampft.

– Johannes ist der mit den langen lockigen Haaren. Wir haben ihn beim Baden getroffen, weißt du nicht mehr? Am Reinacher See …

– Meinst du den mit dem Alfa Romeo?

– Ja, … genau …

Sie senkte den Kopf, sodass ihre Haare von beiden Seiten her über ihr Gesicht fielen und die Röte, die sich auf ihren Wangen verbreitet hatte, in gnädiger Weise verdeckten.

– Tilman … Denk jetzt bitte nicht …

8

Die Kette endet

Als Dachdecker war Tilman immer weniger zu gebrauchen. Er bewegte sich in der Höhe mit großer Unsicherheit, konnte fast nie mehr die Furcht abstreifen, eine falsche Bewegung zu machen und sein heikles Gleichgewicht zu verlieren, wirkte neben seinen Kollegen, die mit der Gewandtheit von Routiniers vor keiner Schwierigkeit zurückschreckten, wie ein Gebrechlicher. Wenn er am Morgen die Leiter emporstieg, wurde es ihm mit jeder Sprosse, die er nahm, unbehaglicher im Kopf und im Magen zumute; er hatte das Gefühl, sich in eine Sphäre zu begeben, in der ein Mensch von seiner Größe nichts zu suchen hatte, jedes harmlose Zittern oder Schwanken der Leiter schien ihm ein Vorbote jener Schrecken, die oben auf ihn warteten, und wenn er sich schließlich mit einer kleinmütigen Bewegung von der letzten Sprosse aufs Dach schwang, war sein ganzer Körper von einem warmen Schweißfilm überzogen.

Eines Tages im Herbst – der Himmel hing tief herab, und ein kalter und unruhiger, mit Graupelkörnern durchsetzter Regen fiel – rutschte Tilman mit seinen großen Schuhen auf einer Dachschräge aus, schlitterte über die nassen Ziegel abwärts und konnte sich nur mit knapper Not, ehe er über die Dachrinne hinausschoss, an einem Blitzableiter festhalten. Mit aufgerissenen Augen starrte er in den Himmel, stieß ein leises Schluchzen aus und konnte, schräg auf dem Dach liegend oder vielmehr hängend, keine Bewegung mehr machen. Zwei Kollegen kamen ihm zu Hilfe; sie lösten seine Finger von dem Blitzableiter, was keine einfache Prozedur war, und hievten ihn, all ihr Klettergeschick aufbietend, über den Dachvorsprung und die Leiter hinab auf den sicheren Boden.

Ein Taxi brachte ihn zu seiner Wohnung. Dort warf er sich aufs Bett, presste seinen Kopf ins Kissen und lag einige Stunden lang fast regungslos. Zwar hatte sein Körper, wenn man von Schürfwunden an den Händen und Ellenbogen absah, die er sich an den rauen Ziegeln zugezogen hatte, keine Verletzungen davongetragen; doch fühlte er sich so niedergeschlagen, dass er kaum die Augen öffnen mochte, und umkreiste in seinem Kopf immer nur einen Gedanken: dass er nie wieder auf ein Dach steigen würde.

Am frühen Abend besuchten ihn der Vater und die Mutter. Tilman erklärte ihnen, dass er das Dachdecken aufgeben wolle. Er tat es auf jene leise und zurückhaltende, gleichsam noch im Aufbegehren gehorsame Weise, die ihm zu eigen war, dabei jedoch mit einem Blick, der keinen Zweifel daran ließ, wie ernst es ihm war. Der Vater brach in sprachliche Vulgaritäten aus und verließ mit stampfenden Schritten die Wohnung. Den Abend und einen wesentlichen Teil der Nacht verbrachte er in mehreren Kneipen, und als er am frühen Morgen nach Hause kam, war er in einem Grad betrunken, über den selbst die Mutter, die in ihrem Eheleben schon viel zu sehen bekommen hatte, in Schrecken geriet.

Zwei Tage lang blieb der Vater unzugänglich und verdüstert, ließ sich nicht bewegen, ein einziges Wort mit seinem Sohn zu sprechen. Tilman seinerseits lag hartnäckig im Bett, blickte zur Zimmerdecke hinauf und suchte nur hin und wieder ein wenig Trost bei den Schätzen seiner Schallplattensammlung. Am dritten Tag ging der Vater zu ihm und fragte mit fahlem Gesicht, die Augen von Äderchen rot marmoriert, »ob er es sich noch einmal überlegt habe«. Tilman erwiderte, den Blick an der Decke, dass es da nichts zu überlegen gebe. Wieder ging der Vater unter Gebrüll davon und zog durch mehrere Kneipen; jedoch kam er diesmal früher nach Hause und war, wie die Mutter mit ihrem kundigen Blick feststellte, nicht allzu betrunken. Und am nächsten Morgen fand er sich mit dem Unvermeidlichen ab.

Einige Wochen grübelte Tilman darüber nach, was nun aus ihm werden solle. Er brauchte irgendeinen Beruf, mit dem er sich über Wasser halten konnte und bei dem die Größe seines Körpers keine Hürde darstellte. Dies erwies sich als nicht einfach, war wie eine Rätselaufgabe der gehobenen Schwierigkeitsstufe, mit der sein Kopf nichts anfangen konnte. Es rächte sich, dass er in seinem bisherigen Leben stets einem vorgezeichneten Weg gefolgt war: Er besaß keinerlei Übung, über die Wahl eines Berufs nachzudenken. Der alte Wunsch aus Schulzeiten, den er nie recht in sich zu nähren gewagt hatte, nämlich das Abitur zu machen und sich auf das Abenteuer eines Studiums einzulassen, wurde wieder in ihm wach; doch Tilman war jetzt zu verunsichert, empfand sich zu sehr als ein Gescheiterter, ein Unbrauchbarer, ein Misslungener, um Pläne von solcher Kühnheit zu schmieden. Auch ging es ihm noch immer nach, wie lahm, mit welcher achselzuckenden Gleichgültigkeit seine Lehrer ihn damals hatten ziehen lassen ... Flüchtig träumte er davon, Musiker zu werden, doch musste er über sich selbst lächeln. Ein weltfremder Einfall! Dass ihm solche Gedanken überhaupt durch den Kopf gehen konnten, zeigte, wie vertrackt seine Lage war ...

Dem Vater wäre es recht gewesen, wenn sein Sohn ein anderes Handwerk erlernt hätte und so in der Wölzinger'schen Art geblieben wäre. Er schlug ihm vor, eine Lehre als Anstreicher zu machen:

– Da kannst du so groß sein, wie du willst, das schadet gar nichts. Manchmal hat's sogar Vorteile: Wenn du eine Decke streichst, brauchst du keine Leiter.

Tilman wusste nicht, wie ernst er diesen Vorschlag zu nehmen hatte, und winkte freundlich ab.

Schließlich fasste er den Entschluss, Buchhalter zu werden. Irgendjemand in der Familie hatte die Idee aufgebracht, und es gelang Tilman nicht, sie sofort und mit einleuchtenden Argumenten aus dem Feld zu schlagen. So blieb sie auf eine diskrete Art anwesend, vermochte sich schleichend, im Wege schlichten und beharrlichen Vorhandenseins, einen Platz in seinem Kopf zu erobern. Er besaß von der Buchhalterei nur unklare Vorstellungen, und diese waren alles andere als anziehend. Doch da sein Nachdenken keinen anderen Beruf zutage förderte, für den bessere Gründe gesprochen hätten, da zudem die Zeit des untätigen und zehrenden Grübelns irgendwann ein Ende nehmen musste und der Vater auch schon die eine oder andere gereizte Bemerkung in diesem Sinne machte, begann er eine Lehre an der städtischen Handelsschule.

Die Lehre dauerte eineinhalb Jahre, und er absolvierte sie mit Fleiß. Morgens saß er mit den anderen künftigen Buchhaltern in Reih und Glied zusammen, wobei ihm der Rücken schmerzte, denn sein Arbeitstisch zwang ihn, sich beim Lesen und Schreiben tief herabzubeugen. Doch sagte er sich, dass er nicht das Recht habe, sich zu beklagen: Wenn es bei der Bundeswehr keine passenden Uniformen für ihn gab und bei den Fahrschulen keine passenden Autos, wie durfte er dann in der Handelsschule ein passendes Pult verlangen? Am Nachmittag und Abend lernte er zu Hause weiter, brav und mit der Strebsamkeit dessen, der bereits einmal im Leben gescheitert ist und es für ratsam hält, sich beim zweiten Anlauf große Mühe zu geben.

9

Beim Professor

Doktor Blunck streckte hinter seinem Schreibtisch weit die Arme aus und rief in leutseligem Ton, als treffe er Tilman auf der Straße und freue sich, eine Weile stehen bleiben und ein Schwätzchen mit ihm halten zu können:

– Guten Morgen! Na, du bist ja noch größer geworden! Alle Achtung, mein Lieber! Und, sag, wie geht's dem Vater? Und der Mutter? Alles in Ordnung daheim?

Tilman gab sich weniger gesprächig als beim letzten Mal. Zwei oder drei Minuten ließ er mit artiger Geduld die übliche Unterhaltung über sich ergehen, versuchte auch die abgelegensten Fragen, die Blunck aus dem Ärmel hervorschüttelte, schlecht und recht zu beantworten, dann lenkte er das Gespräch, einen Unterton von Ernst in der Stimme, auf das Wesentliche.

– Ich bin wegen meiner Größe gekommen, Herr Doktor.

– Ach?! So?! Deswegen bist du doch auch letztens schon da gewesen.

– Ja. Eben. Inzwischen bin ich noch weiter gewachsen, um vier oder fünf Zentimeter. Das beunruhigt mich.

Blunck ließ sich in die Tiefe seines gepolsterten Stuhls sinken. Er zog einen Bleistift aus der Tasche seines Kittels, steckte ihn sich zwischen die Lippen und drehte ihn langsam hin und her, wie jemand, der ein Kreuzworträtsel löst und nach einem Wort mit einer bestimmten Anzahl von Buchstaben sucht.

– Ja, du bist wirklich ein langer Lulatsch. Es ist mir gleich aufgefallen, als du zur Tür hereingekommen bist. Sag mal – wie alt bist du jetzt?

– Neunzehneinhalb.

– Da solltest du aber inzwischen ausgewachsen sein, gell?

Tilman wäre nicht überrascht gewesen, wenn Doktor Blunck ihm nun die Frage gestellt hätte, ob er Schmerzen in den Gelenken habe, und war selbst darauf gefasst, noch einmal auf dem Hocker Platz zu nehmen, um sich gegen das Knie klopfen zu lassen. Doch es kam anders; Blunck sah ihm mit verhältnismäßigem Ernst in die Augen, schwenkte einige Male den Bleistift durch die Luft, als habe er das gesuchte Wort gefunden, und sagte:

– Weißt du, Tilman, was wir jetzt machen? Wir schicken dich zum Spezialisten. Da gibt's einen in Stuttgart, Professor Meier-Schellberger heißt er. Der kann dir sicher helfen. Du weißt ja – ich bin Allgemeinarzt; und die Sache mit deinem Wachsen, na ja, das ist doch etwas Ausgefallenes.

Er beugte sich im Stuhl vor, so weit die Schreibtischkante es ihm erlaubte, und fügte mit einem verschmitzten Lächeln hinzu:

– Ich bin der richtige Arzt für Leute, die Schnupfen oder Hühneraugen haben. Wenn jemand mit was anderem zu mir kommt, dann muss ich ihn ein Häuschen weiterschicken – haha!

Professor Meier-Schellberger, Oberarzt am Sankt-Josefs-Krankenhaus, untersuchte Tilman kühl und zügig. Er sprach kaum ein Wort, und sein wohlgeformtes Gesicht mit den stahlgrauen und hochintelligenten Augen, die ein wenig zu tief, wie auf einem Lauerposten, in ihren Höhlen saßen, zeigte kaum eine Regung. Manchmal diktierte er einer Krankenschwester mit leiser monotoner Stimme, als spräche er zu sich selbst, Wörter oder Zahlen in den Block. Tilman gab sich Mühe, ein fehlerlos funktionierender Patient zu sein und jede Anweisung, die Meier-Schellberger ihm erteilte, präzise auszuführen. Er hielt den Professor für ein mit geheimnisvollen Fachkenntnissen durchtränktes, in unerreichbaren Höhen schwebendes Wesen, das viel zu bedeutend war, um sich für einen so belanglosen Menschen wie ihn zu interessieren: Lediglich sein außergewöhnlicher Körper verlieh ihm das Recht, sich Meier-Schellberger vorübergehend zu nähern; seine Persönlichkeit dagegen war ohne jede

Bedeutung, ein nichts zur Sache tuendes Anhängsel seines Leibes.

Als Meier-Schellberger die Untersuchung beendet hatte, warf er der Schwester einen diskreten Seitenblick zu, woraufhin diese das Zimmer verließ. Tilman fühlte einen kalten Hauch über seinen Rücken streichen: Offenkundig stand nun eine ernste Eröffnung bevor, bei der niemand zugegen sein sollte als derjenige, dem sie galt und für den sie furchtbar sein würde.

Der Professor nahm seine Brille ab, klappte sie sorgfältig, mit einer zeremoniellen Umständlichkeit, die wenig zu seiner sonstigen Art passte, zusammen, verstaute sie in einem Etui und ließ dieses, wiederum sorgfältig und zeremoniell, in die Brusttasche seines weißen Kittels gleiten. Dann stützte er sein wohlrasiertes Kinn auf zwei Finger und blickte Tilman zum ersten Mal in die Augen.

– Was ich Ihnen zu sagen habe, Herr Wölzinger, ist leider nicht günstig. Die Sorgen, die Sie sich wegen Ihres Wachstums machen, sind berechtigt. Sie leiden an einer schweren Erkrankung – einer Störung der Hypophyse. Die Untersuchungen, die ich durchgeführt habe, belegen dies eindeutig. Im Einzelnen stellt sich der Befund so dar, dass …

Jetzt folgten längere Ausführungen, die Tilman kaum verstehen konnte, zu sehr waren sie mit lateinischen und griechischen Fachausdrücken durchsetzt, und selbst die deutschen Passagen, die hin und wieder vorkamen, verwirrten ihn, denn im Munde Meier-Schellbergers schien jedes Wort, wie einfach und geläufig es auch sein mochte, eine geheime Sonderbedeutung anzunehmen. Immerhin gelang es Tilman, sich in groben Zügen zusammenzureimen, worum es ging:

Die Hypophyse war eine Drüse in seinem Gehirn. Ihre Aufgabe bestand darin, ein bestimmtes Hormon zu erzeugen, das den Körper wachsen ließ. Gewöhnlich stellte die Hypophyse ihre Tätigkeit zwischen dem fünfzehnten und achtzehnten Lebensjahr ein. Bei Tilman jedoch lag eine Störung vor, und die Drüse arbeitete weiter und weiter. Dagegen ließ sich nach dem Stand der Wissenschaft nichts ausrichten. Medikamente versprachen keine Aussicht auf Erfolg, und ein chirurgischer Eingriff wäre zwar nicht unmöglich gewesen, barg jedoch so große Risiken, dass Meier-Schellberger dringend von ihm abriet.

Tilman fühlte sich wie betäubt. Mit unbeweglichem Gesicht saß er da, lauschte dem zugleich angeregten und einförmigen Gerede, das wie aus großer Ferne zu ihm drang, und brachte nur ab und zu, wenn er ausnahmsweise etwas begriff, ein kraftloses Nicken oder »Hm« zustande. Dabei wusste er, dass er die eigentliche Bedeutung dieser Worte, das Erschreckende und sein Leben unheilvoll Verändernde, das zweifellos in ihnen beschlossen lag, noch nicht erfasste. Es war ihm zumute, als senke sich ein schweres Gewicht auf seine Existenz nieder, das er zwar, dank einer gnädigen Fühllosigkeit, in diesem Augenblick noch nicht zu spüren vermochte, das ihn aber, sobald er diesen Raum verlassen, sich von der bannenden Atmosphäre Meier-Schellbergers befreien würde, mit furchtbarer Kraft zu Boden pressen musste.

Der Professor hatte seinen Vortrag beendet. Zügig und ohne jede Umständlichkeit holte er seine Brille aus dem Etui hervor und machte sich Notizen. Das Geräusch raschelnden Papiers, der Anblick des schreibenden Professors drangen durch Tilmans Betäubung hindurch. Er wischte seine feuchten Hände an der Hose ab und sagte mit einer tonlosen Stimme, die nicht die seine war:

– Darf ich … eine Frage stellen? Werde ich wegen dieser Drüse … immer weiterwachsen? Oder … hört das Wachstum … irgendwann auf?

Meier-Schellberger unterbrach sich in seinen Notizen, legte einen Augenblick gemessenen Nachdenkens ein und machte dann eine Bewegung mit dem Kopf, die Tilmans Frage weder bejahte noch verneinte.

– Es ist unmöglich, hierzu eine Prognose zu stellen. Wir müssen beobachten, wie Ihre Krankheit sich entwickelt. Ich sagte Ihnen ja bereits, dass Störungen der Hypophyse äußerst selten sind. Unsere Erkenntnisse über diese Krankheit stützen sich daher auf eine schmale Grundlage. Es ist nicht auszuschließen, dass die Drüse früher oder später ihre Produktion einstellt – womit dann auch Ihr Wachstum enden würde. Tatsächlich sind einige Fälle bekannt, in denen diese günstige Wendung eingetreten ist.

Meier-Schellberger lehnte sich im Stuhl zurück und strich mit den Fingerspitzen über sein zart gewelltes, grau meliertes Haar, als betrachte er sich in einem unsichtbaren Spiegel und sei mit der Gepflegtheit seiner

Erscheinung zwar zufrieden, wolle ihr aber doch noch ein wenig nachhelfen.

– Haben Sie manchmal Schmerzen in den Gelenken, Herr Wölzinger? In den Hüften, zum Beispiel, oder in den Knien?

– Nein.

– Oder bereitet Ihnen manchmal Ihr Rücken Beschwerden? Das ist bei Patienten, die ein starkes Wachstum durchmachen, nichts Ungewöhnliches.

– Ich habe keine Schmerzen, weder im Rücken noch sonst wo.

– Ah, ja!

Der Professor ließ zum ersten Mal ein Lächeln sehen, als handelte es sich hier um eine erfreuliche Nachricht, die alles, was er ihm zuvor an Betrüblichem hatte mitteilen müssen, zum guten Teil wieder aufwiege. In diesem Moment öffnete sich die Tür, und als habe sie gelauscht oder sei durch ein geheimes Zeichen verständigt worden, trat die Krankenschwester herein. Meier-Schellberger klopfte mit der flachen Hand sanft auf den Schreibtisch, um seinem Patienten ein erstes Zeichen zu geben, dass das Ende der Konsultation näher rückte.

10

Steigerungen

Tilman wirkte jetzt fast immer versonnen und nachdenklich, etwas melancholisch Verhaltenes, ein an Trauer grenzender Ernst lagen über seinem Wesen. Es schien, als habe sein Dasein einen tückischen und gut gezielten Schlag erhalten, von dem es sich vielleicht nie wieder erholen würde. Der Gedanke, dass er eine unheimliche Krankheit durchs Leben trage, die sich nicht heilen ließ, gegen die selbst eine Figur wie Meier-Schellberger machtlos war, zog ihn herab. Zu jeder Zeit des Tages konnte ihn eine dumpfe, aber desto quälendere Furcht vor dem Kommenden packen. Und wie denn auch nicht: Von morgens bis abends erinnerte ihn seine Größe daran, dass er krank war, und tausend Dinge erinnerten ihn von morgens bis abends an seine Größe.

Freilich war hinter seiner Niedergeschlagenheit noch

etwas anderes verborgen, das er, je mehr Zeit verging, immer deutlicher in sich spürte: ein Wille zur Hoffnung, ein leiser, aber zäher Widerstand gegen die Übermacht des Niederdrückenden. In manchen Momenten spürte er einen fast kämpferischen Drang, den Kopf oben zu behalten, den Eröffnungen Meier-Schellbergers, so beklemmend sie sein mochten, keine Macht über sich zu geben, sie an die Ränder seines Bewusstseins zu verscheuchen, wo sie keinen Schaden anrichten konnten. Mit pädagogischer Beharrlichkeit wies er sich darauf hin, dass das letzte Wort über den Verlauf seiner Krankheit ja noch nicht gesprochen sei. Die rätselhafte Drüse in seinem Innern würde sich eines Tages womöglich beruhigen – dass er ohne Ende immer weiter und weiter in die Höhe wachsen würde, konnte das überhaupt sein?! Noch nie hatte er gehört oder gelesen, dass jemandem etwas so Bizarres und Unglaubwürdiges widerfahren war. Die ganze Angelegenheit besaß etwas von einem Traum – und er durfte nicht zulassen, dass sein Leben, das mehr als ein Traum war, von ihr verdüstert wurde.

Tilman bestand die Prüfung an der Handelsschule als Zweitbester. Und es dauerte nur ein paar Tage, bis er eine Anstellung fand – ein Bekannter des Vaters, der in Nagoldshausen eine größere Schreinerei besaß, suchte einen Buchhalter. Der alte Herr Tröbstle war eine Seele von Mensch. Sein Gesicht schien aus nichts als rosiger Güte zu bestehen, und sein mildes Lächeln musste angeboren sein, denn er legte es niemals ab. Wenn er durch seine Schreinerei ging, hatte er für jeden, der ihm begegnete, ein freundlich-betuliches Wort, und immerzu nickte er ohne erkennbaren Grund vor sich hin, oft auch in Lagen, in denen, wenn man die üblichen Maßstäbe anlegte, ein Kopfschütteln am Platz gewesen wäre. Tilman als Buchhalter einzustellen reizte seine Güte unwiderstehlich: Vor lauter nickendem Überschwang weigerte er sich sogar, einen einzigen Blick in das vorzügliche Zeugnis der Handelsschule zu werfen.

Tilmans Schreibtisch stand auf Holzklötzen, und überdies hatte Herr Tröbstle einen Stuhl auf Maß für ihn zimmern lassen, der Ähnlichkeit mit einem Barhocker besaß. So konnte Tilman endlich wieder das Gefühl genießen, in aufrechter Haltung, ohne seine Glieder auf demütigende Art verbiegen zu müssen, an einem Tisch zu sitzen. Hin und wieder im Lauf des Tages kam Herr Tröbstle zu ihm herein, um ihn mit rosiger Güte anzulächeln, ein paar gutmütige Worte mit ihm zu wechseln, die ohne jeden Inhalt waren, und das Bürozimmer mit dem Qualm seiner Pfeife zu füllen. Bei solchen Gelegenheiten fühlte Tilman sich aus Höflichkeit verpflichtet, vor seinem Chef aufzustehen, was zu der immer gleichen Szene führte: Tilman beugte den Nacken, um nicht mit dem Kopf gegen die Decke zu stoßen, und Tröbstle winkte mit überstürzter Freundlichkeit ab: »Bleiben Sie nur sitzen, bleiben Sie nur sitzen, Sie sollen ja für mich schuften, haha!«

Die Stunden im Büro machten Tilman nur wenig Freude. Was er zu tun hatte, schien ihm allzu simpel, eine Aneinanderreihung von ermüdenden Kleinigkeiten, die durch die Aneinanderreihung noch ermüdender wurden. Dennoch zwang er sich, mit seiner Arbeit nicht zu hadern, als erwachsener und vernünftiger Mensch seinen Frieden mit ihr zu machen. Immerhin handelte es sich um eine nützliche Tätigkeit, und sie hielt ihn über Wasser; zudem gab sie ihm das tröstliche Gefühl ein, seinem schwierigen Leben etwas halbwegs Vorzeigbares abzutrotzen, nach der Niederlage als Dachdecker nunmehr einen Sieg errungen zu haben – mochte es auch keiner sein, der ihn selbst sehr beeindruckte.

Zu den Vorzügen der Arbeit gehörte es, dass sie ihn nachmittags um fünf, wenn er sich noch geistig frisch fühlte und manches mit sich anfangen konnte, in die Freiheit entließ. Er eilte nach Hause und setzte sich sogleich ans Klavier. Mit seinem Spiel ging es voran, die Zähigkeiten des Anfangs lagen hinter ihm. Es gelang ihm inzwischen, auf annehmbare Weise das erste Drittel einer Sonate von Schubert zu spielen, und früher oder später, das sah er voraus, würden ihm auch die verbleibenden zwei Drittel keine Angst mehr bereiten. Seine Lehrerin war recht zufrieden mit ihm, und er fasste den Plan, sich demnächst ein Klavier zu kaufen, über dessen Klang er sich nicht mehr würde ärgern müssen.

Tilman begann zu lesen. Bisher war er nur wenig mit Büchern in Berührung gekommen, ohne dies als einen Mangel zu empfinden. Im elterlichen Wohnzimmer standen auf einem Regal drei Liebes- und vier Kriminalromane – sie bildeten die gesamte Wölzinger'sche Bibliothek und waren allesamt ungelesen. Die Mutter wäre niemals auf den Gedanken gekommen, ihre Zeit mit etwas so Mühsamem und Nutzlosem wie Lesen zu verbringen; keiner in der Familie hatte je ein Buch in ihren Händen gesehen, außer wenn sie mit einem Staubtuch die sieben Romane abwischte. Der Vater immerhin schätzte es, sich am Abend für ein Stündchen aufs Sofa zu setzen und eine Boulevardzeitung zu lesen; dabei hatte sich Tilman schon als kleiner Junge gefragt, wie es möglich sei, so versunken und ausgiebig eine Zeitung zu studieren, die fast nur mit gewaltigen Überschriften und Fotos nackter Zahnarzthelferinnen bedruckt war.

An all dies konnte Tilman jetzt nicht mehr denken, ohne Scham zu empfinden. Es schien ihm, dass in seinem bisherigen Leben eine Lücke klaffte, die ins Auge sprang und die er doch aus unerfindlichen Gründen nie bemerkt hatte. Dass er schon zwanzig Jahre alt war und sich in der Welt der Bücher noch immer so wenig auskannte, machte ihm zu schaffen; und sein Stolz hinderte ihn, sich in die wohlfeile Erklärung zu flüchten, dass ja nicht *er* es sei, der an dieser Misere die Schuld trage. So wandte er sich energisch, mit dem gleichen treuherzigen Fleiß, den er auch beim Klavierspielen an den Tag legte, der Literatur zu. Die langen Stunden nach der Arbeit forderten das Lesen geradezu heraus, und bald gab es keinen Abend mehr, den er ohne Bücher verbrachte.

Seine Lehrer hatten es nicht vermocht, ihn auf den Geschmack des Lesens zu bringen; doch zum Glück waren sie auch nicht so ungeschickt gewesen, ihm jede Vorstellung davon, was gute Literatur war, und auch, woran man ihr Gegenteil erkennen konnte, vorzuenthalten. So besaß er gewisse Erinnerungen, in welcher Richtung die geistigen Entdeckungen lagen, die der Mühe wert waren; und sie weckten jetzt so selbstverständlich seine Neugier, wie sie ihn früher kaltgelassen hatten.

Mit der emsigen Wahllosigkeit des Autodidakten arbeitete er sich voran. Er machte Entdeckungen, die ihn beglückten und ermutigten, drang in Gebiete vor, von denen er sich nichts hätte träumen lassen und in denen er sich genussvoll nach allen Seiten hin umschaute. Von Zeit zu Zeit geriet er auch auf Abwege, fand sich in unerfreulichen Winkeln wieder, die ihm besser erspart geblieben wären und über die er, nachdem er sie erkundet hatte, nur lächelnd den Kopf schütteln konnte. Immerhin, einen Irrtum gab es, der ihm dann doch nicht unterlief, vor dem ein wohltätiger Instinkt ihn bewahrte: Nie las er die sieben Romane aus dem Wohnzimmer der Eltern.

An langen Sommerabenden unternahm er Ausflüge mit dem Fahrrad, durchstreifte die nahen Wälder oder fuhr am Ufer des Neckar entlang. Bei einem Schlosser hatte er für sein Rad einen überhohen Lenker und eine überlange Sattelstange anfertigen lassen – so konnte er einigermaßen bequem von der Stelle kommen. Die Polizei war schon zweimal auf ihn aufmerksam geworden, hatte ihn bei seinen Spazierfahrten angehalten; die Beamten gingen mit skeptischen Blicken um sein Rad herum, stellten ein paar verlegene Fragen und ließen ihn dann weiterfahren: Der Fall war zu außergewöhnlich, noch nie hatten sie ein ähnliches Rad oder einen ähnlichen Fahrer gesehen, und so zogen sie es vor, die Angelegenheit auf sich beruhen zu lassen.

Tilmans einförmiges und zurückgezogenes Leben hatte auch damit zu tun, dass er immer mehr Scheu vor Menschen entwickelte. Die Zeiten, in denen er von Kindergeburtstag zu Kindergeburtstag, später von Party zu Party gezogen war, sanken immer tiefer in eine unglaubwürdige Vergangenheit ab. Die alten Freunde aus Schulzeiten hatten längst ihr Abitur gemacht und waren zum Studieren in andere Städte fortgezogen, manche waren sogar bereits verheiratet und freuten sich über ihr erstes Kind – was konnte natürlicher sein, als dass sie von ihm abrückten und er von ihnen? Franzi hatte er seit jenem letzten Kaffeetrinken nie wieder gesehen. Zuweilen traf er noch einen ihrer Freunde auf der Straße, tauschte einen Gruß oder ein paar bemühte Worte mit ihm aus, spürte dabei jedoch nicht den geringsten Wunsch, ihn nach Franzis Ergehen zu fragen. Die Kameraden von der Handelsschule waren ihm immer fremd geblieben; sein Geschmack konnte nichts mit ihnen anfangen, er hielt sie für Gestalten ohne Farbe und Kontur, deren hauptsächliche Eigenschaft in einem patenten Sinn für Zahlen bestand – wobei sie allerdings nicht imstande waren, mehr mit diesem Sinn anzufangen, als die Bücher anderer Leute zu führen.

Auch sonst fiel Tilman die Berührung mit Menschen nicht leicht. Die Kollegen in der Schreinerei, die Nachbarn seines Mietshauses und wer noch tagaus, tagein seinen Weg kreuzte: Sie alle fühlten sich, sobald sie seiner ansichtig wurden, auf eine unbezwingliche Weise befangen, konnten sich keinen Augenblick von dem Gedanken befreien, dass sie jemanden vor sich hatten, dessen Körper aus dem Rahmen fiel. Zugleich spürten sie, dass ihre Befangenheit ihnen ins Gesicht geschrieben stand, und sie schämten sich ihrer, hatten das Gefühl, sich eine charakterliche Blöße zu geben – so wurden sie noch befangener. Andere gab es, die eine übertriebene Souveränität an den Tag legten, Tilman mit herausgekehrter Weltläufigkeit zu verstehen gaben, dass sie seiner Größe keine Bedeutung beimaßen, nicht den geringsten Gedanken an etwas so Unwichtiges verschwendeten; doch ihre Natürlichkeit war allzu laienhaft gespielt und mutete wie ein Almosen an, das sie ihm von oben herab darbrachten.

Einmal machte Tilman am frühen Abend einen Waldspaziergang. Im dämmerigen Licht kam ihm eine alte Frau entgegen, die sich auf einen Stock stützte und langsam Fuß vor Fuß setzte. Als sie seine Silhouette bemerkte, die sich hoch und düster zwischen den Bäumen abzeichnete, blieb sie stehen: Sie warf einen entgeisterten Blick auf ihn, als sei er ein Traumbild der unheilvollen Art, dann wandte sie sich, so rasch sie konnte, um und wollte fliehen. Nach wenigen unbeholfenen Schritten stolperte sie über eine Wurzel und fiel der Länge nach hin. Sofort war Tilman bei ihr, beugte sich über ihren zusammengekrümmten Körper und wollte ihr aufhelfen; doch sie stieß ein ängstliches Wimmern aus und bedeckte, als sei sie des Schlimmsten gewärtig, mit beiden Händen ihr Gesicht. »Was haben Sie denn?«, sagte er. »Ich will Ihnen doch gar nichts tun! Kommen Sie; ich helfe Ihnen.« Doch sie wimmerte nur noch heftiger und machte abwehrende Gesten ins Leere, um sich gegen das Ungeheuer zu schützen.

Tilman war ratlos, stand mit verlegen baumelnden Armen neben ihr. Zweifellos brauchte sie seine Hilfe, denn sie hatte sich im Stürzen das Knie blutig aufgeschürft, auch war ihr die Brille vom Gesicht gerutscht, lag mit gesprungenem Glas auf dem Weg. Doch wenn er bei ihr bliebe, sie in die Höhe zu heben versuchte, würde ihr womöglich vor Entsetzen das Herz stehen bleiben. »Was haben Sie denn?!«, wiederholte er, aber seine Worte schienen ihm ohne Sinn, auch wurden sie von dem lauten Schluchzen zu seinen Füßen übertönt. Er nahm die Brille vom Boden und drückte sie der Frau in die Hand; dann ging er, um sie von seiner Gegenwart zu befreien, in die Dunkelheit davon.

Zweiter Teil

11

Tilman erhält ein Angebot

Er saß im Büro und tippte auf der Schreibmaschine einen Brief (Herr Tröbstle hatte ihm inzwischen auch die Erledigung der geschäftlichen Korrespondenz übertragen, denn er schätzte seine klare und gepflegte Ausdrucksweise). Das Tippen fiel ihm nicht leicht, mit jedem Monat musste er größeres Geschick aufwenden, um präzise die Tasten anzuschlagen, denn seine Hände wuchsen wie sein übriger Körper. Arbeitend sang er vor sich hin, leise und ahnungshaft, ohne einer Melodie verpflichtet zu sein; er schien in einer melancholischen Sprache, die niemand außer ihm verstand, träumerisch Satz an Satz zu reihen. Das Tippen auf der Maschine und die Unterhaltung mit sich selbst liefen nebeneinander her: Sie gehörten zwei geistigen Bezirken an, die sich in keinem Punkt berührten.

Auf dem Schreibtisch klingelte das Telefon. Ärgerlich seufzend, mit einem Verziehen der Brauen nahm Tilman ab. Ein Rumoren drang an sein Ohr, das wirr-unruhige Gesumm von Stimmen, die in einem Büro durcheinanderreden.

– Winkler hier! Winkler vom Neckar-Kurier. Einen wunderschönen guten Morgen! Spreche ich mit Tilman Wölzinger?

– Ja, am Apparat.

– Prima! Da habe ich Sie ja gleich erwischt! Ich rufe an, weil ich eine Geschichte über Sie schreiben möchte.

Winkler sprach schnell, mit einer erhobenen und angestrengten Stimme, wohl um sich gegen das Summen um ihn her durchzusetzen, zugleich in einem drängend stoßhaften Rhythmus, für den Tilman der Ausdruck »bellend« einfiel.

– Eine Geschichte? Was meinen Sie damit?

– Na ja, eine Geschichte halt! Einen Artikel! Sie erzählen mir, wie Ihr Leben aussieht, was Sie von morgens bis abends so treiben. Ich könnte bei Ihnen vorbeikommen, in ein paar Tagen vielleicht. Ist Ihnen das recht? Einen Fotografen würde ich gleich mitbringen, dann können wir ein paar Bilder machen.

Tilman fiel in jenen förmlichen Ton, den er sich als Handwerkszeug für seine geschäftlichen Telefonate angeeignet hatte:

– Darf ich fragen, warum Sie einen Artikel über mich schreiben möchten? Gibt es dafür einen besonderen Grund?

– Einen Grund?! Natürlich – Sie sind doch der größte Mann Deutschlands! Wenn das kein Grund ist. So etwas interessiert doch die Leute!

Tilman fühlte sein Herz schnell und unruhig schlagen.

– Es tut mir leid, Herr Winkler. Haben Sie vielen Dank für das Angebot. Aber ich kann es leider nicht annehmen.

– Was? Wieso denn?! Da ist doch gar nichts dabei! Ich verspreche Ihnen, in der Geschichte wird kein einziges Wort stehen, das ...

Winkler sprach mit noch lauterer Stimme, und Tilman nahm den Hörer vom Ohr, hielt ihn mit gequältem Ausdruck vor sich in die Höhe wie einen Gegenstand, vor dem er sich ekelte. Mit geschlossenen Augen nahm er drei oder vier tiefe Atemzüge, um sich zu beruhigen. Als er mit einer langsamen Bewegung, ohne im Geringsten ruhiger geworden zu sein, den Hörer wieder seinem Ohr näherte, hörte er Winkler bellen:

– Hallo? Sind Sie noch da? Herr Wölzinger?

– Ja.

– Also, wie gesagt: Sie brauchen sich nicht sofort zu entscheiden. Denken Sie noch einmal über die Sache nach.

– Ich fürchte, in dieser Sache gibt es nichts, worüber ich nachdenken müsste.

– Gut, ich habe verstanden. Sie brauchen etwas Zeit. In zwei Wochen rufe ich noch einmal bei Ihnen an. Bis dahin haben Sie sich's vielleicht überlegt. Wissen Sie: Ich bin schon lange im Geschäft und weiß genau, wie die Dinge laufen. Wenn es um eine Geschichte geht, dann gibt es nie ein letztes Wort. Ich wünsche noch einen schönen Tag, Herr Wölzinger!

12

Steigerungen (Fortsetzung)

Professor Meier-Schellberger strich mit den Fingerspitzen über sein Haar, als betrachte er sich im Spiegel.

– Es sind keine wesentlich neuen Entwicklungen zu konstatieren, Herr Wölzinger. Ihr Körper ist seit der letzten Konsultation um sieben Zentimeter gewachsen; damit erreichen Sie jetzt eine Größe von zwei Meter einunddreißig. Dies und die Ergebnisse der übrigen Untersuchungen zeigen, dass die Überfunktion der Hypophyse …

Er nahm das gewohnte Bad in Unverständlichkeiten. Als er geendet hatte, beugte er sich über den Schreibtisch und machte mit leise kratzender Feder Notizen. Tilman ließ seine Hand, die von kaltem Schweiß bedeckt war, über die nicht weniger feuchte Stirn gleiten und brachte die Frage hervor:

– Wie lange … habe ich noch zu leben, Herr Professor? Ich kann mir ja denken, dass mein Körper … leidet, wenn ich immer weiter wachse. Der Mensch ist schließlich … nicht dafür gemacht, drei Meter groß zu werden.

Meier-Schellberger schrieb zunächst weiter, wohl weil er die Gedanken, die sich in seinem Kopf gebildet hatten, ungestört zu Ende führen wollte und im Übrigen einem Patienten nicht das Recht zubilligte, eigenmächtig den Zeitpunkt zu bestimmen, in dem er seine Arbeit unterbrach. Dann nahm er seine Brille ab, verstaute sie umständlich im Etui, ließ dieses in die Tasche seines Kittels gleiten und blickte Tilman in die Augen.

– Sie haben recht, Herr Wölzinger. Der Leistungsfähigkeit der menschlichen Physis sind Grenzen gesetzt. Früher oder später erreicht der Körper eine maximale Größe, die er nicht überschreiten kann. Aber wie ich Ihnen schon einmal sagte: Es kann jederzeit geschehen, dass Ihr Wachstum zum Stillstand kommt.

– Ja … Aber was geschieht … wenn ich immer weiter wachse?

– Da Fälle wie der Ihre äußerst selten sind, gibt es zu der Frage, wie ein übermäßiges Wachstum sich auf die Lebenserwartung auswirkt, kaum gesicherte Erkenntnisse. Richtig ist, dass in den bisher dokumentierten Fällen die Patienten in der Tat kein hohes Alter erreicht haben. Aber dies hängt in starkem Maße von den Bedingungen des Einzelfalles ab.

Er machte den Versuch, seinem Gesicht einen aufmunternden Ausdruck zu geben.

– Sie sind ja kräftig gebaut, Herr Wölzinger, haben eine robuste Konstitution. Das spielt natürlich eine gewichtige Rolle. Und bisher sind ja auch noch keine erheblichen Beschwerden oder Dysfunktionalitäten bei Ihnen aufgetreten. Diese Frage wollte ich Ihnen ohnehin stellen: Haben Sie manchmal Schmerzen in den Gelenken? In den Knien zum Beispiel? Oder bereitet Ihnen der Rücken Beschwerden?

Tilman ertrug auch diese Eröffnungen mit Tapferkeit. Hilfreich war, dass er schon einige Male in Gedanken die Möglichkeit umkreist hatte, dass er vielleicht kein langes Leben vor sich habe. Die Worte des Professors trafen ihn daher nicht mit der Wucht des Unerwarteten: Er hatte bereits gewisse innere Vorbereitungen für den Augenblick getroffen, in dem seine Befürchtungen zur Gewissheit werden würden. Überhaupt war er ja kein Neuling des Unglücks mehr; wie er sich nicht ohne Sarkasmus sagte, besaß er schon Routine darin, die trüben Seiten des Lebens auszuhalten, war in der Kunst, sie mit ruhiger Gelassenheit zu ertragen, beträchtlich fortgeschritten. Dass er wirklich bald sterben werde, mochte er im Übrigen nicht glauben – es gab etwas in ihm, eine trotzige seelische Kraft, die sich gegen diese niederdrückendste aller Möglichkeiten auflehnte. Er war doch noch jung, erst Anfang zwanzig; den Tod hatte er immer als etwas unausrechenbar Fernes betrachtet, das ihn noch lange nichts angehen würde, das verschwommen am Ende vieler Jahrzehnte winkte; und es war sein Wille, diese Sicht verbissen zu verteidigen. Es lag ja so wenig erst hinter ihm; dass noch weniger vor ihm liegen sollte, durfte nicht sein.

Ab und an hing er dem Gedanken nach, was für ein bösartiger, dämonischer Zufall es doch sei, dass ausgerechnet ihn, unter Millionen und Abermillionen, diese unheimliche Krankheit befallen hatte. Es war wie eine Bestrafung ohne vorangegangenes Verbrechen – zeit seines Lebens hatte er sich nichts zuschulden kommen lassen, das mehr gewesen wäre als eine Lappalie, und trotzdem wurde er auf diese erbarmungslose Weise heimgesucht … Er winkte ab, mochte den Gedanken nicht weitertreiben. Jeder, der krank wurde, konnte sich die wehleidige Kinderfrage »Warum ich?« stellen. Selbst ein leichter Schnupfen, der nach zwei Tagen überstanden und vergessen war, behielt noch ein Gran von Ungerechtigkeit, über das man sich erregen konnte. Krankheiten waren Unfälle der Natur – nichts weiter. Manche mochten schrecklich sein, alle waren trivial. Sich um ihretwillen in einem Gefühl des Opferseins zu suhlen, Tränen des Mitleids mit sich selbst zu vergießen, war seine Sache nicht.

Tilman setzte, fast als sei nichts der Rede Wertes geschehen, sein gewohntes Leben fort. Er diente die acht Stunden in der Schreinerei ab und verschaffte sich danach in der eigenen Wohnung, was die langweilige Buchhalterei ihm nicht zu geben vermochte, ja, die Arbeit im Büro schien ihm jetzt ein einziges Anlaufnehmen und Kräftesammeln für das Eigentliche. Der erste Teil des Abends war dem Klavier gewidmet – Tilman spielte schwelgerisch und mit Ausdauer, legte nur hin und wieder kurze Pausen ein, wenn sein Kopf dumpf wurde oder wenn es galt, die Nachbarn zu besänftigen, die durch Klopfen gegen die Wände auf sich aufmerksam machten. Anschließend wechselte er zur Lektüre, die er jetzt planmäßig, nach einem genau festgelegten System betrieb. Er arbeitete ein Pensum ab, das so ehrgeizig war, dass seine Kräfte kaum ausreichten, es zu bewältigen; er entwickelte den Eifer des Spätberufenen, wollte alles, was er in vielen Jahren versäumt hatte, so rasch wie nur möglich nachholen.

Vor allem Romane hatten es ihm angetan. Lesend, in Geschichten sich versenkend, lebte er andere Leben. Dabei begriff er wohl, dass er in den Büchern nach Entschädigung suchte: Seit er gezwungen war, ein Dasein im Außerhalb zu führen, wuchs in ihm der Wunsch, sich schadlos zu halten, Trost an den schönen und gesteigerten Nachahmungen zu finden, mit denen die Literatur aufwartete. Früher, als er noch gesund und halbwegs glücklich vor sich hingelebt hatte, wäre es ihm kaum gelungen, soche Nachahmungen zu genießen; jetzt erst wuchsen ihm die Kräfte zu, deren er dafür bedurfte. Die Misere seines Daseins besaß eine verfeinernde Wirkung; die Zurückgezogenheit, zu der er sich verurteilt fand, das Gefühl des erzwungenen Verzichts, das ihn niemals ganz verließ, auch jener ernste und dunkle Zug, den die Krankheit in seine Existenz hineintrug: All dies machte ihn empfänglich für Genüsse, die ihm früher verschlossen geblieben waren.

Zu den Dingen, bei denen er Trost finden konnte, die als ein Gegengift gegen viele Widrigkeiten wirkten, zählte auch – seine Höflichkeit. Schon immer war er ja ein freundlicher Mensch gewesen, hatte nicht nur seine Eltern durch gutes Benehmen hin und wieder in Erstaunen versetzt. Jetzt trieb er seine Höflichkeit weiter: Der Ehrgeiz ergriff von ihm Besitz, alles Klobige und Ungehobelte, das er in seinem Benehmen noch mit sich herumschleppte, ein für allemal abzustreifen, sich bei keiner der Plumpheiten mehr zu ertappen, die zum Erbe seiner handwerkerlichen Herkunft gehörten. Wenn es schon sein Schicksal war, als eine monströse Gestalt durchs Leben zu gehen, so wollte er wenigstens den Versuch unternehmen, die Menschen durch Höflichkeit für sich zu gewinnen oder jedenfalls die Zumutung, die seine Gegenwart für sie bedeutete, ein wenig zu mildern.

Auch gab er sich Mühe, ein gepflegteres Deutsch zu sprechen. Das Lesen hatte bei ihm gewisse Spuren hinterlassen: Er entwickelte ein wacheres und strengeres Verhältnis zur deutschen Sprache, wollte sich nicht mehr so schlicht und mutwillig ausdrücken, wie er es gelernt hatte. Er begriff, dass das gute Sprechen ein Genuss sein konnte – und er staunte, dass so viele Dinge in seinem Leben hatten geschehen müssen, ehe er zu dieser einfachen Erkenntnis gelangt war. Auch seinen schwäbischen Singsang, die eine oder andere mundartliche Plattheit in seinem Wortschatz, die er bisher für selbstverständlich gehalten, ja nicht einmal bemerkt hatte, wollte er sich nicht mehr durchgehen lassen. Und tatsächlich gelang es ihm nach einigen Monaten geduldigen Übens, ein passables Hochdeutsch mit abnehmenden südwestdeutschen Einschlägen zu sprechen.

Schon seit Jahren schneiderte seine Mutter sämtliche Kleidungsstücke für ihn. Bisher hatte er auf seine äußere Erscheinung nur wenig Wert gelegt, und so war ihm alles recht gewesen, was auf dem Nähtisch der Mutter für ihn entstand. Neuerdings wurde er wählerischer; es gab jetzt nicht selten Stücke, die ihm allzu bieder und altfränkisch erschienen; und er glaubte sogar die Beobachtung zu machen, dass mancher lächelnde Blick, der ihn auf der Straße traf, weniger ihm selbst als seinen unvorteilhaft geschnittenen Hosenbeinen und Hemdenkragen galt. Also ließ er sich, um auch auf diesem Gebiet voranzukommen, von der Mutter drei einigermaßen elegante Saccos fertigen, die er im Wechsel bei der Arbeit trug (womit er in der Schreinerei das eine oder andere Zucken der Mundwinkel auslöste), dazu noch einen recht modischen Mantel für seine Spaziergänge sowie einen dunkelblauen Anzug für bessere Gelegenheiten. Er machte der Mutter genaue Vorgaben zu Stoffen und Schnitten, war nicht leicht zufriedenzustellen und ließ manche Stücke mehrmals umarbeiten. Wenn die Mutter schließlich etwas Annehmbares zustandegebracht hatte, hielt die Freude daran nicht lange vor: Schon nach wenigen Monaten begannen die Ärmel und Hosenbeine zu kurz zu werden. So blieb nichts anderes übrig, als die Mutter in kurzen Abständen immer neue Stücke schneidern zu lassen. Dies empfand er zwar als verschwenderisch, zumal es niemanden gab, dem er seine abgelegte Kleidung zum Auftragen hätte weiterreichen können; doch führte an solchen unschönen Akten der Ichbezogenheit kein Weg vorbei, und er verzieh sie sich aus übergeordneten Erwägungen.

13

Die alte Haut

Herr Tröbstle setzte sich zur Ruhe. Sein Nachfolger war ein junger tatkräftiger Mann, der unternehmerischen Ehrgeiz besaß. Er stellte fest, dass vieles in der Schreinerei nicht zum Besten stand, entdeckte auf Schritt und Tritt lauter Dinge, die ihm nicht etwa ein gutmütiges Nicken entlockten, sondern ihn die Hände über dem Kopf zusammenschlagen ließen. Einer der größten Missstände war, dass in der Buchhaltung ein riesiger Mann arbeitete, dem es augenscheinlich nicht leichtfiel, eine Schreibmaschine zu bedienen, und der, auf seine Größe hin angesprochen, in aller Freimütigkeit erklärte, sein Wachstum sei noch immer nicht abgeschlossen. Der Neue zögerte keinen Augenblick, diesen Missstand zu beheben.

Tilman verbrachte mehrere Wochen damit, die Stellenannoncen in den Zeitungen zu durchforsten und sich bei zahlreichen Firmen nicht nur des Städtchens, sondern auch der näheren und ferneren Umgebung als Buchhalter zu bewerben. Niemand war bereit, ihm eine Anstellung zu geben, was er freilich auch nicht anders erwartet hatte: Inzwischen maß er zwei Meter siebenunddreißig, und wo immer er sich vorstellte, ließ man das Kinn sinken und suchte nach Worten. Die Entscheidung, ihm eine Absage zu erteilen, fiel beim ersten Hinsehen.

Wie damals, als er nicht mehr auf Dächer hatte steigen wollen, zerbrach er sich den Kopf, was aus ihm werden solle, suchte nach einem Beruf, bei dem ihm sein Körper nicht im Wege stand und mit dem seine Seele es aushalten konnte. Doch dies Rätsel schien jetzt noch verwickelter geworden; Abend für Abend lag er auf seinem Bett, ließ in einem Zustand geistiger Gequältheit seine Gedanken hierhin und dorthin, manchmal bis in die abgelegensten Gebiete wandern und fand doch nicht die Spur einer Antwort.

Konnte es sein, dass er alle Möglichkeiten, die das Dasein für ihn bereithielt, schon ausgeschöpft hatte? Gab es nirgendwo einen wenn auch noch so bescheidenen Platz, an dem er sein Unterkommen finden, wo er sich auf eine halbwegs würdige Weise nützlich machen konnte? War er nach ein paar Lebensversuchen, die ihn alle nicht sehr weit geführt, um nicht zu sagen: die alle einen höchst kläglichen Gang genommen hatten, bereits am Ende angelangt? Franzi hatte ihn verlassen, weil er in keinem Auto Platz fand. Als Dachdecker hatte er sich nach Kräften bemüht, war jedoch nicht zu gebrauchen gewesen. Soldat hatte man ihn gar nicht erst werden lassen. Und jetzt erklärte man ihn sogar für unfähig, in einem Büro zu sitzen und Zahlen in Bücher einzutragen!

Die eigene Wohnung, so klein sie war, kam ihn recht teuer. Zwar hatte er ein paar Ersparnisse angesammelt; doch es widerstrebte seiner Bescheidenheit, schien ihm ein dreister Luxus, den er sich gerade in seiner jetzigen Lage nicht erlauben durfte, das Ersparte bis zum gänzlichen Hinschwinden für eine eigene Bleibe auszugeben. Auch begann es an seiner Stimmung zu zehren, dass er von morgens bis abends allein war: In der Einsamkeit seiner Wohnung, wo ihm nur Bücher und Schallplatten Gesellschaft leisteten, wurde ihm das Bedrückende seiner Existenz umso klarer spürbar. So gab er denn die Wohnung auf und zog zurück ins Haus der Eltern.

Sein altes Zimmer unter dem Dach hatte in den letzten Jahren als Abstellkammer gedient und wurde jetzt wieder für ihn freigeräumt. Als er zum ersten Mal durch die Tür trat, schlug ihm ein Eindruck von gespenstischer Zeitlosigkeit entgegen. An den Wänden hing noch immer die farbenfroh und infantil gemusterte Tapete, die er schon aus frühesten Kinderjahren kannte; sie schien ihm voller Häme entgegenzugrinsen und sich darauf zu freuen, dem erwachsenen Mann bis ans Ende seines Lebens vor Augen zu bleiben. Noch immer war jener widerliche Geruch in der Luft, der dem braunen Linoleumboden entströmte; er schien mit den Jahren sogar noch strenger geworden zu sein, hatte eine ranzig-bittere Note hinzugewonnen, die seine Ekelhaftigkeit weiter steigerte. Unter der Decke hing nach wie vor die kugelförmige Lampe aus Milchglas, die er als Junge wie einen geheimnisvollen Planeten in der Höhe hatte schweben sehen – jetzt wich er ihr sorgfältig aus, um seinen Kopf vor Blessuren zu schützen. Es war ihm zumute, als müsse er sich in eine alte Haut, die er vor langer Zeit abgestreift hatte, weil sie ihm zu eng geworden war, unter mühsamen Windungen wieder zurückzwängen.

Die Mutter hatte großes Mitleid mit dem Heimkömmling. Sie nahm sich die Misere seines Lebens so sehr zu Herzen, als sei es die ihre oder als trage sie auf eine verworrene Weise, über die sie sich keine Klarheit verschaffen konnte, die Schuld daran. Übereifrig bemühte sie sich, ihm seine Lage zu erleichtern, noch den kleinsten seiner wirklichen oder vermeintlichen Wünsche in Erfüllung gehen zu lassen. Zu jedem Mittag- und Abendessen bereitete sie ihm seine Lieblingsgerichte; sie schnitt ihm das Haar, weil sie kraft mütterlicher Einfühlung spürte, dass ihm der Gang zum Friseursalon, wo ihn ein Stuhl erwartete, in dem er nur höchst unbequem sitzen konnte, und wo die Friseuse auf eine Trittleiter steigen musste, um ihr Werk an ihm zu verrichten, eine Last bedeutete; sie räumte, sobald er auch nur für eine Viertelstunde das Haus verließ, auf gründliche und eigenwillige Art sein Zimmer auf … Tilman ließ es geschehen oder protestierte nur in milder Form. Er wusste, dass es für die Mutter eine seelische Erleichterung war, wenn sie ihn mit ihrer Fürsorge überhäufen, eine Gefälligkeit an die andere reihen konnte, und so übte er sich in Geduld.

Sie halbwegs zufrieden zu wissen war ihm mehr wert als sämtliche Haarschnitte und Lieblingsgerichte.

Um die Gesundheit der Mutter stand es nicht gut. Schon immer war sie ein wenig kurzatmig gewesen, was jedoch niemand in der Familie ernst genommen hatte: Man pflegte es in gutmütiger Weise mit ihrer Korpulenz in Verbindung zu bringen und ab und an sogar Scherze darüber zu machen. Jetzt entwickelte sie ein ausgeprägtes Asthma, das alle in Schrecken versetzte. An manchen Tagen konnte sie sich nur mühsam, wie von schweren Gewichten herabgezogen, durch die Wohnung bewegen; und wenn sie die Treppe zu Tilmans Zimmer hinaufgestiegen war, um dort für Ordnung zu sorgen, musste sie sich minutenlang vor ein geöffnetes Fenster stellen und mit ausgebreiteten Armen Luft in ihre Lungen saugen.

Der Vater war bedrückt und schlechter Dinge, und er hielt es für sein Recht, dies mit großer Deutlichkeit zu zeigen. Selbst nach mehreren Monaten gelang es ihm nicht, sich an den neu-alten Hausgenossen zu gewöhnen. Zwar hatte auch er Mitleid mit seinem Sohn, doch war es nicht sehr kraftvoll ausgeprägt und hinterließ in seinem Verhalten keine Spuren. Immer wieder sah er Tilman düster-schweigend an, oder er ging ihm aus dem Weg, um ihn nicht düster-schweigend ansehen zu müssen. Es setzte ihm zu, dass sein Sohn kein Geld verdiente und auch sonst nichts zuwege brachte, worauf ein Vater füglich hätte stolz sein dürfen. Zudem hielt er es für eine Ungerechtigkeit, dass Tilman, obwohl er nicht das Geringste tat, dennoch in einem sauberen und wohlgeheizten

Zimmer wohnte, jeden Tag drei Mahlzeiten vorgesetzt bekam und überhaupt in gänzlicher Unbeschwertheit vor sich hinlebte – wenn man von seiner Krankheit einmal absah.

Tilman bemühte sich, alles zu vermeiden, was der Gereiztheit des Vaters Nahrung zuführen, ihm Gelegenheit zu schroffen Bemerkungen verschaffen konnte. Er verhielt sich nicht eigentlich wie ein Sohn, dem auf natürliche Art das Recht zusteht, im elterlichen Hause zu leben, sondern wie ein Gast, der seine Anwesenheit möglichst wenig spürbar machen will. Er ging leise, oft sogar auf Zehenspitzen, über die hölzernen Böden, denn er wusste um die Hellhörigkeit des Hauses; er verlegte sein Klavierspiel in die Zeiten, in denen der Vater außer Haus war; er half in der Dachdeckerei aus, indem er das Telefon bediente und geschäftliche Briefe schrieb. Letzteres gestand ihm die Mutter jedoch nur widerwilllig zu, denn dass sie sich von ihrem kranken Sohn helfen ließ, schien die Dinge auf den Kopf zu stellen: Jede Last, die Tilman ihr abnahm, spürte sie mit doppeltem Gewicht.

Die einzige Freude, die dem Vater blieb, war seine Tochter Simone. Seit zwei Jahren war sie glücklich verheiratet mit einem Mann namens Klaus-Dieter, der »eine ausgezeichnete Stelle bei einer Versicherung« hatte und von dem sie ihr erstes Kind erwartete. Das junge Paar wohnte in einer großzügigen und kostspieligen Wohnung im schönsten Viertel der Stadt und unternahm jedes Jahr in den Sommerferien eine dreiwöchige Reise nach Gran Canaria. Überdies fuhr der Mann ein Cabriolet, das dem

Vater, wann immer die Rede darauf kam, die bewundernden Worte entlockte: »Mein lieber Mann, ich möchte nicht wissen, was das Ding gekostet hat.« Der Lebensstil der beiden war durch und durch erfreulich, und Simone galt als die tüchtigste aller Wölzingers, von der in Zukunft noch viel zu erwarten war.

14

Noch ein Angebot

Es klingelte an der Haustür, die Mutter öffnete und sah sich einem mittelalten, über seine Jahre hinaus gealterten Mann gegenüber, der einen buschig-ungepflegten Schnurrbart trug. Er lächelte sie mit forscher Freundlichkeit an und machte einen beiläufigen Schritt über die Schwelle, als rechne er aus Erfahrung damit, dass die Mutter bei seinem Anblick versucht sein könne, die Tür sogleich wieder zu schließen.

– Einen wunderschönen guten Tag! Peiler ist mein Name. Peiler vom Berliner Express. Sie sind Frau Wölzinger?

– Ja … Das bin ich.

– Wunderbar, freut mich! Bisher kenne ich nur Ihren Sohn, den Tilman. Ich bin mit ihm verabredet.

Die Mutter blickte ihn verlegen an. Selbst kurze und

einfache Gespräche mit Unbekannten zu führen fiel ihr nicht leicht. Überdies wusste sie nichts davon, dass ihr Sohn heute Morgen eine Verabredung hatte, und sie mochte es auch nicht glauben, denn Tilman bekam so gut wie niemals Besuch. So brachte sie kein Wort heraus und zupfte nur an den Knöpfen ihres geblümten Kittels, was Peiler wiederum dazu nutzte, sich mit einer geschmeidigen Bewegung an ihr vorbei in die Diele zu schieben.

– Ich bin heute zum ersten Mal in Nagoldshausen. Gratuliere – Sie wohnen in einem hübschen Städtchen! Ein richtiges Juwel, das muss man sagen. Weiß Ihr Sohn, dass ich da bin? Oder möchten Sie ihn vielleicht rufen?

– Tilman ist oben. In seinem Zimmer.

– Ah ja! Soll ich zu ihm hinaufgehen?

– Nein … Warten Sie. Ich hole ihn.

– Wunderbar!

Als Tilman eine Minute später die Treppe herabstieg (etwas zerstreut und irritiert, denn er hatte, auf dem Bett liegend und den Kopfhörer über den Ohren, Lieder von Tschajkovskij gehört), war Peiler nicht mehr zu sehen. Suchend ging Tilman umher, schaute in die angrenzende Küche und öffnete sogar die Haustür, um einen Blick nach draußen zu werfen. Als er ins Wohnzimmer trat, sah er Peiler vor der eichenen Schrankwand stehen und sich mit ungenierter Miene, ein Schreibblöckchen in der Hand, im Zimmer umschauen.

– Ich grüße Sie, Herr Wölzinger! Peiler vom Express! Schön, Sie kennenzulernen!

Verdutzt, aber freundlich schüttelte Tilman die ihm entgegengestreckte Hand.

– Sie haben zu meiner Mutter gesagt, wir seien miteinander verabredet?

– Ja. Richtig.

– Es tut mir leid. Aber davon weiß ich nichts.

– Wie?! Das gibt es doch nicht! Hat meine Sekretärin nicht mit Ihnen gesprochen?

Peiler schüttelte mit vorbildlich gespielter Verblüffung den Kopf.

– Wie ist denn so etwas möglich?! Da muss es wohl zu einem Missverständnis gekommen sein.

Er setzte ein distanzloses und einschmeichelndes Lächeln auf, bei dem seine Lippen sich zurückzogen und die Zähne freigaben, die ungewöhnlich kräftig gebildet waren, wie zum scharfen Zupacken gemacht. Obwohl Tilman dies Lächeln zum ersten Mal sah, hatte er keinen Zweifel, dass es für Peiler charakteristisch war.

– Tut mir leid, Herr Wölzinger. Aber, nun ja; können wir ein paar Minuten miteinander reden? Wissen Sie, ich würde gern eine Geschichte über Sie schreiben.

Tilman schwieg.

– Sie sind zwei Meter einundvierzig, der größte Mann Deutschlands. Es gibt auf der ganzen Welt nur zwei Männer, die noch größer sind – einen in Bolivien und einen in der Ukraine. Aber … das wissen Sie natürlich, nehme ich an.

Tilman machte eine geringschätzige Handbewegung.

– Ich habe schon einmal davon gehört, kann allerdings nicht behaupten, dass es mich sehr interessieren würde.

Peiler versetzte ihm einen Klaps gegen den Oberarm.

– Die Leser des Express interessiert es dafür umso mehr! … Ich habe herausgefunden, dass der Bolivianer und der Ukrainer schon »ausgewachsen« sind, wenn man so sagen darf. Wahrscheinlich wird es nicht mehr lange dauern, bis Sie die beiden überholen – und dann sind Sie der Größte der Welt. Ich sage Ihnen, das ist eine grandiose Geschichte!

– Woher wissen Sie eigentlich, wie groß ich bin?

– Oh!

Peiler lächelte und gab seinen Augen, die wässerig und geschwollen waren, als habe er in den letzten Nächten, oder vielmehr in den letzten Jahren, nicht genug Schlaf gehabt, einen hintersinnigen Ausdruck.

– Woher ich das weiß, bleibt mein kleines Geheimnis. Beim Berliner Express sind wir immer gut im Bilde – besser als manchem lieb ist … Aber ich wüsste gern noch mehr über Sie. Zum Beispiel, wie Ihr Leben aussieht, was Sie von morgens bis abends so tun. Sie wohnen oben im ersten Stock, hat Ihre Mutter gesagt. Steht dort auch Ihr Klavier? Sie sind ja, wie man hört, ein leidenschaftlicher Musiker. Was spielen Sie am liebsten – Jazz? Klassik?

Mit einer kleinen Verbeugung, die bei seinen Maßen jedoch den Charakter einer ausladenden Bewegung annahm, schüttelte Tilman den Kopf.

– Vielen Dank für das Interesse, das Sie meinem Leben

entgegenbringen. Aber ich werde Ihre Fragen nicht beantworten.

– Wieso?

– Weil die »Geschichte« meiner Person nur mich und meine Familie etwas angeht. Sie in einer Zeitung ausgebreitet zu sehen, wäre mir nicht recht.

– Ah ja. Verstehe.

Peiler machte einige Schritte im Zimmer umher, ließ mit herablassendem Gesichtsausdruck den Blick über die spießbürgerlichen Gardinen gleiten, die schon seit allzu langer Zeit Dienst vor den Fenstern taten, klopfte mit der Hand gegen das veloursbezogene Sofa in Mittelbraun, das gleichfalls kein gutes Stück war …

– Passen Sie auf, Herr Wölzinger. Der Express würde sich die Geschichte natürlich etwas kosten lassen. In dieser Hinsicht bin ich sicher, dass wir zu einer Einigung kommen. Im Übrigen sollten Sie bedenken, dass so ein Zeitungsartikel Folgen hat. Wenn Sie erst einmal bekannt geworden sind, können Sie auch noch woanders Geld verdienen. Und zwar viel Geld! Arbeiten Sie eigentlich? Haben Sie einen Job?

– Nein.

– Aha! Das habe ich mir doch gedacht. Dann kann es Ihnen ja finanziell gar nicht so gut gehen …

– Ich bitte Sie, Herr Peiler, nicht in einem solchen Ton …

– Entschuldigung! Nichts für ungut.

Peiler zog eine Visitenkarte hervor und drückte sie Tilman in die Hand.

– Sie brauchen sich nicht sofort zu entscheiden. Denken Sie in Ruhe über die Sache nach.

– Ich fürchte, es gibt da nichts, worüber ich …

Er brach ab, denn Peiler verließ bereits das Zimmer. Mit raschen und sicheren Schritten ging er in die Diele, als kenne er sich im Haus schon gut aus und brauche keine Begleitung mehr.

– Bis bald! Sie hören von mir!, sagte er, indem er sich mit einer resoluten Bewegung selbst die Haustür öffnete. Er warf über die Schulter einen Blick zu Tilman zurück und zeigte ihm ein letztes Mal seine stark entwickelten Zähne, wie um mit dieser Grimasse alles, was er zuvor gesagt hatte, in knapper und anschaulicher Weise zusammenzufassen.

15

Neue Schwierigkeiten

Mit der Wölzinger'schen Dachdeckerei ging es seit einiger Zeit abwärts. Die Geschäfte liefen nicht mehr so gut, wie sie früher gelaufen waren, und auch früher waren sie ja immer nur recht mäßig gelaufen. »Die besten Jahre sind vorbei«, sagte der Vater jetzt öfter, machte dabei mit seinen wettergegerbten Händen eine Geste der Kleinmütigkeit und ließ die bullig-runden Schultern hängen, soweit dies überhaupt möglich war.

Die Gründe für den Niedergang lagen im Dunkeln. Mal sprach der Vater von der »miserablen wirtschaftlichen Lage«, raunend und schicksalsergeben, dann wieder verwies er auf die Konkurrenz: Es gab im Städtchen drei weitere Dachdeckereien, die schon immer erfolgreicher als die Wölzinger'sche gewesen waren und über die sich der Vater schon immer geärgert hatte. Sie blühten jetzt zusätzlich auf, schnappten dem Vater einen ergiebigen Auftrag um den anderen fort, doch ob dies der Grund für die Misere war oder ob die anderen Dachdeckereien in Wahrheit nichts taten, als sich derjenigen Kunden, die aus gänzlich anderen Gründen »Wölzinger & Söhne« den Rücken kehrten, dankbar und mit unschuldiger Bereitwilligkeit anzunehmen: Wer konnte das sagen.

Ein außergewöhnlich strenger Winter folgte. Es fiel so viel Schnee wie seit Jahren nicht, über Wochen und Monate hinweg setzte der Frost kaum einmal aus, und selbst als es März wurde, hielt das kalte Wetter wie unausrottbar an. Dies war natürlich das Letzte, was die lahmende Firma gebrauchen konnte, an Arbeit auf den Dächern war gar nicht zu denken. Der Vater verbrachte seine Tage in brütender Laune zu Hause und hörte morgens, mittags und abends den Wetterbericht, der ihm jedoch nichts meldete, was seine Stimmung aufgebessert hätte. Um sich Erleichterung zu verschaffen, trank er noch früher am Vormittag sein erstes Bier und noch später am Abend sein letztes; auch überzog er seine Frau und Tilman mit jenen Rohheiten, die er unter gewöhnlichen Umständen seinen bezahlten Feinden auf der Baustelle vorbehielt.

Eines Morgens kam Simone zu Besuch, erzählte mit stockender Stimme und am Rande der Fassungslosigkeit, sie habe mit ihrem Mann beim Frühstück gesessen, als plötzlich die Polizei geklingelt und ihren Klaus-Dieter buchstäblich vom Küchentisch weg verhaftet habe. Sie wisse nicht einmal, was ihm vorgeworfen werde; einer der Polizisten habe von Untreue, Urkundenfälschung oder irgendetwas Ähnlichem gesprochen, vor Aufregung habe sie ihn kaum verstanden. Vater und Mutter waren vor den Kopf geschlagen, wussten ebenso wenig Rat wie ihre Tochter; alle waren sich lediglich darin einig, dass Klaus-Dieter unschuldig sei.

Simone war inzwischen hochschwanger, schon in wenigen Tagen sollte es zur Niederkunft kommen. Zu allem Überfluss befand sie sich auch noch in finanziellen Schwierigkeiten, denn ihr Mann und sie hatten ein Haus zu bauen begonnen, »fast schon eine kleine Villa«, und zu diesem Zweck ein Darlehen von schwindelnmachender Höhe aufgenommen. Wie sollte es damit nun weitergehen?

Der Vater versuchte, mit Geld auszuhelfen, konnte jedoch nicht viel tun, da er bereits froh sein musste, wenn es ihm nur gelang, die angeschlagene Firma über die Runden zu bringen. So wurde beschlossen, den Wölzinger'schen Haushalt einzuschränken: Die Eltern sagten eine Urlaubsreise an den Bodensee ab, auf die sie sich seit langem gefreut hatten, und selbst am Essen versuchte die Mutter zu sparen; dies erwies sich allerdings als wenig wirkungsvoll, denn die Mahlzeiten, die sie zubereitete, waren schon immer einfach und billig gewesen.

Tilman erinnerte sich an Peilers Angebot. Seine Abneigung gegen den Express und verwandte Blätter hatte um nichts abgenommen; die Vorstellung, Einzelheiten seines stillen Lebens zu Markte zu tragen, sie in dicken Lettern und verkommener Sprache vor Millionen Lesern ausgebreitet zu sehen, bereitete ihm Ekel. Aber war es ihm in der jetzigen Misere erlaubt, solchen Empfindlichkeiten nachzugeben, musste er nicht, wenn allen um ihn her das Wasser bis an den Hals stand, ein Opfer auf sich nehmen? Seine Familie hatte ihn in der Not bei sich aufgenommen, und es war nur recht und billig, dass er, wenn die Lage es erzwang, ihre Hilfe erwiderte. Wenn er schon kein nützliches Glied der Gesellschaft sein konnte, wenn er gezwungen war, ein Leben zu führen, das niemandem etwas einbrachte, das immer nur um sich selbst kreiste – musste er dann nicht wenigstens das kleine Kapital einsetzen, das ihm immerhin zu Gebote stand, seinen bizarren Körper? Es würde seine Seele schon nicht angreifen! Eine Zeitung wie der Express war jämmerlich, sie ließ sich nicht ernst nehmen, kam für einen Menschen wie ihn gar nicht erst in Betracht; aber eben darum konnte sie ihm auch nichts anhaben, und es würde ihm wohl gelingen, aus der Berührung mit ihr unbesudelt hervorzugehen.

Peiler unterhielt sich mit Tilman zwei Stunden lang in der Sitzgruppe des Wohnzimmers. Anschließend machte ein Fotograf Aufnahmen – Tilman in der Küche mit bunter Schürze vor dampfenden Töpfen; Tilman im Lesesessel, ein Buch auf den Knien; Tilman mit gebeugtem Nacken unter der Planeten-Lampe seines Zimmers …

– Machen Sie bitte ein ernstes Gesicht, sagte Peiler, aber kein *zu* ernstes, ja? Die Leute sollen zwar sehen, dass Sie es nicht leicht haben; andererseits wollen wir aber auch keine Herz-Schmerz-Geschichte daraus machen – Sie verstehen schon … Könnten wir jetzt noch ein Foto im Badezimmer schießen? Na ja, keine Angst. Ich dachte bloß an Händewaschen – natürlich. Wie groß ist Ihr Waschbecken? Je kleiner, desto besser!

Die nächsten Tage verbrachte Tilman in einem eigentümlichen seelischen Zustand. Mal machte er sich Vorwürfe, dass er zu einem so unwürdigen Unternehmen, von dem außer ein bisschen Geld nichts Gutes zu erwarten war, seine Hand gereicht hatte; und halbstundenweise spielte er mit dem Gedanken, bei Peiler anzurufen und die Veröffentlichung der »Geschichte« im Nachhinein noch aufzuhalten. Dann wieder spürte er eine heimliche Ungeduld: Er war neugierig, was in dem Artikel wohl zu lesen sein würde, und empfand bei der Vorstellung, dass sein Name in einer Zeitung erscheinen sollte, eine nervöse Vorfreude, deren er sich zwar schämte, gegen die er aber nichts ausrichten konnte.

Am dritten Tag kam der Vater früh am Morgen – Tilman lag noch im Bett – mit leuchtendem Gesicht und wie immer ohne zu klopfen in sein Zimmer und hielt ihm den aufgeschlagenen Express entgegen.

So lebt der längste Mann Deutschlands

Riesen kommen normalerweise nur in Märchen vor, und da verbreiten sie Angst und Schrecken. Den Riesen Tilman W., 2 Meter 43 lang, gibt es wirklich – aber niemand braucht sich vor ihm zu fürchten. »Wenn ich über die Straße gehe«, erzählt er, »strecken die Leute den Finger nach mir aus und fangen an zu lachen. Das macht mich immer sehr traurig.« Tilman ist der drittgrößte Mann der Welt. Aber nicht mehr lange, dann ist er die Nummer eins – denn trotz seiner 23 Jahre wächst er immer weiter! Der Hüne mit dem Lockenkopf und der sanften Stimme wohnt im Einfamilienhaus seiner Eltern (115 Quadratmeter). Wenn er durch die Zimmer geht, hält er sich an den Möbeln fest: »Bloß nicht hinfallen! Ich läge auf dem Rücken wie ein Käfer und müsste hilflos mit den Beinen strampeln.« Tilman ist seit zwei Jahren arbeitslos, denn niemand gibt dem Riesen einen Job. Der Vater (52, Dachdecker): »Früher hat Tilman in meinem Betrieb gearbeitet, aber dann wurde er immer größer. Und schließlich flog er bei Wind fast vom Dach!« Die Mutter (48, Hausfrau) näht Tilman alle Kleidungsstücke (Größe 97) und kocht ihm dreifache Portionen zum Essen. »Mutti ist meine große Stütze. Und dabei geht es ihr gar nicht gut – sie hat schreckliches Rheuma.« Eine Freundin hat Tilman nicht. »Welche Frau will schon einen so großen Mann?«, fragt der traurige Riese und stößt einen tiefen Seufzer aus.

Als Tilman bei Peiler anrief, klopfte ihm das Herz so heftig in der Brust, dass er es als Pochen in seiner Stimme zu hören meinte.

– Was fällt Ihnen ein, Herr Peiler?! Sie legen mir Sätze in den Mund, die ich nie gesagt habe. Das ist eine Unverschämtheit! Und wie kommen Sie darauf, meinen Vater zu zitieren? Sie haben ja kein einziges Wort mit ihm gesprochen.

– Tut mir leid, Herr Wölzinger! Ich hab gerade keine Zeit. Hier in der Redaktion ist der Teufel los. Könnten wir später noch einmal telefonieren?

Peiler redete schnell und gepresst, er schien den Hörer in der Hand zu kneten, was ein knackendes Geräusch erzeugte, und erweckte auch sonst auf jede Weise den Eindruck eines Gehetzten.

– Der Artikel, Herr Peiler, ist von der ersten bis zur letzten Zeile reißerisch und verdreht. Vieles haben Sie schlicht erfunden. Wenn ich das gewusst hätte …

– Also jetzt mal halblang. Ich habe mir jedes Wort genau mitgeschrieben. Das ist nämlich meine Art – ich arbeite sorgfältig. Leider habe ich meine Notizen gerade nicht bei mir; Sie rufen in einem ungünstigen Moment an …

Peiler legte die Hand über den Hörer und wechselte mit jemandem, der sich in größerer Entfernung von ihm befinden musste, einige laute Worte; dann wandte er sich wieder zu Tilman.

– Passen Sie auf, Herr Wölzinger: Wenn Ihnen die Geschichte nicht gefällt, trösten Sie sich doch an dem Geld, das Sie dafür eingestrichen haben. Es ist ja keine üble Summe! Und jetzt muss ich wirklich Schluss machen. Ich melde mich, bis bald.

16

Tilman wird berühmt

Simone brachte eine Tochter zur Welt, Jennifer, und so sehr sich die ganze Familie über den gesunden und rotbäckigen, viel Gewicht auf die Waage des Krankenhauses bringenden Nachwuchs freute, blieb die Stimmung doch insgesamt gedrückt. Die Bauarbeiten an der »kleinen Villa« waren eingestellt worden, und einige Handwerker, durch die Verhaftung des Bauherrn alarmiert, sandten erste Rechnungen in großer Höhe. Überdies zeigte sich die Bank, die das schwindelerregende Darlehen gewährt hatte, ungeduldig und drohte an, die Zwangsvollstreckung in den Rohbau zu betreiben. So war Simone, kaum aus dem Krankenhaus entlassen, schon gezwungen, ihre großzügige Wohnung im besten Viertel des Städtchens aufzugeben und zurück ins Haus der Eltern zu ziehen.

Die Geschäfte der Dachdeckerei gingen schlechter und schlechter. Mühsam nur gelang es dem Vater, den notleidenden Betrieb über den Sommer und Herbst zu bringen, und mit großer Sorge, die sich an manchen Tagen bis zur Verzweiflung steigern konnte, blickte er dem Winter entgegen. Auch Klaus-Dieter erging es nicht gut; nach einigen Monaten in Untersuchungshaft wurde ihm der Prozess gemacht, und obwohl er mit großer Hartnäckigkeit seine Unschuld beteuerte, jeden der zahlreichen Beweise, die gegen ihn vorgebracht wurden, empört zurückwies, verurteilten ihn die Richter wegen Untreue, Urkundenfälschung und Unterschlagung zu dreieinhalb Jahren Gefängnis.

Um die finanzielle Not der Familie zu lindern, nahm die Mutter eine Stelle als Verkäuferin in einer Fleischerei an: Ohne auf ihre Gesundheit Rücksicht zu nehmen, die durch die vielen Aufregungen der letzten Zeit weiter gelitten hatte, und zusätzlich zu den großen Lasten, die sie bereits im Haus und in der Dachdeckerei zu tragen hatte, arbeitete sie jetzt auch noch hinter einem Wursttresen.

Inzwischen waren mehrere Boulevardzeitungen und Klatschillustrierten auf Tilman aufmerksam geworden. Immer wieder riefen Reporter bei ihm an, die Interviews mit ihm führen oder Artikel über ihn schreiben wollten. Tilman war jedoch von den ersten gedruckten Worten, die er über sich hatte lesen müssen, so enttäuscht und angewidert, dass er keines der vielen Angebote annahm. Anfangs hatten die Eltern für sein Widerstreben Nachsicht aufgebracht; jetzt spürte er mit jedem Tag deutlicher, dass sie ungeduldig zu werden begannen, nicht mehr begreifen konnten, warum er so zimperlich war und sich eine gute Gelegenheit, Geld ins Haus zu bringen, ohne Not entgehen ließ.

– Wir brauchen jeden Pfennig, es wird immer enger, sagte der Vater. Du könntest uns wirklich den Gefallen tun und ein bisschen dazuverdienen. Komm mal von deinem hohen Ross herunter! Mutti geht jeden Tag in die Metzgerei und rackert sich ab. Und was tut der Herr Sohn? Sitzt zu Hause und liest dicke Bücher.

Tilman wusste, dass er nicht mehr lange standhalten würde. Die schwelende Unruhe, die sich im Wölzinger'schen Hause eingenistet hatte, die stumm leidenden Blicke seiner Mutter, die ihn immer häufiger trafen, machten ihm zu schaffen. Die Vorwürfe des Vaters waren zwar übertrieben wie immer, doch selbst ihnen konnte er eine gewisse Berechtigung nicht absprechen. Auch fragte er sich, was wohl sein eigenes Schicksal sein würde, wenn die Dachdeckerei eines Tages zusammenbrechen sollte … Also fasste er den Entschluss, nicht mehr zimperlich zu sein.

In den nächsten Wochen berichteten sämtliche Regenbogenzeitungen und Gesellschaftsillustrierten über »Tilman den Riesen«. Ausführlich und in einem Stil, der das Anteilnehmende mit dem unbekümmert Gierigen verband, gaben sie Schilderungen aus seinem privaten Leben zum Besten, die hin und wieder einen wahren Kern besaßen. Sie hielten als gewissenhafte Chronisten den neuesten Stand seiner Körpermaße fest, berichteten mit lüsterner Ernsthaftigkeit über die körperlichen und seelischen Leiden, die seine Krankheit ihm auferlegte, und versorgten die Neugier ihrer Leserschaft mit immer neuen Fotos: Tilman beim Radeln (»Solche Fahrräder gibt's sonst nur im Zirkus«), Tilman am Gartenzaun im Plausch mit dem Briefträger (»Jeden Tag bekommt der Riese stapelweise Post von seinen vielen Fans in ganz Deutschland«), Tilman am Klavier (»Der begabte Hobby-Pianist spielt am liebsten Stücke von Mozart und Beethoven«) und so weiter.

Auch das Fernsehen ließ nicht auf sich warten. Viele Stunden lang drängte sich eine verwirrende Zahl von Kameraleuten, Kabelträgern, Beleuchtern und sonstigen Bemühten in den Zimmern des Wölzinger'schen Hauses; und während die Mutter wie eine verschüchterte Gastgeberin im Gewimmel umherging und mit verlegener Freundlichkeit nach allen Seiten hin Kaffee anbot, saß eine junge Frau, die nicht nur vor laufender Kamera ein Lächeln von ahnungsloser Selbstgewissheit im Gesicht trug, mit Tilman in der mittelbraunen Sitzgruppe und stellte ihm Fragen wie: »Wann haben Sie zum ersten Mal bemerkt, dass mit Ihrem Körper etwas nicht in Ordnung war?«

Als Tilman auch noch Reklame für Säuglingsnahrung machte, erreichte seine Popularität einen ersten Höhepunkt. Millionen Fernsehzuschauer kannten den zwanzig Sekunden langen Werbestreifen, in dem eine Mutter auf einer sonnenbeschienenen Parkbank saß und ihrem Baby, das sie mit seligem Lächeln im Arm hielt, Brei aus einem Gläschen verfütterte. Plötzlich blickten Mutter und Kind überrascht auf – Tilman näherte sich von der Seite her, lächelte den beiden mit onkelhafter Freundlichkeit zu, beugte seinen Oberkörper, der durch einen technischen Trick noch verlängert worden war, herab und sagte zu dem Säugling: »Iss schön, mein Kleiner, damit du groß und stark wirst!«

Neuerdings wurde Tilman auch im Fremdenverkehrsprospekt von Nagoldshausen erwähnt, und zwar unter der Rubrik »Prominente Persönlichkeiten«. Hier hatten sich bisher lediglich zwei Einträge gefunden: einer zu Friedrich Anton Hesselberger, einem Heimatkundler des achtzehnten Jahrhunderts, der ein seinerzeit in Fachkreisen viel beachtetes Werk über die Pflanzenwelt der Schwäbischen Alb verfasst hatte; der zweite zu Napoleon, der im Jahr 1805 mit seinen Truppen durch Württemberg gezogen war und für eine Nacht in Nagoldshausen Quartier gemacht hatte, wovon bis zum heutigen Tag einige zurückgebliebene Uniformteile und Kochgeschirre Zeugnis ablegten, die in einer Vitrine des Rathauses aufbewahrt wurden. Tilman kam jetzt als dritter Prominenter hinzu und schlug zumindest Friedrich Anton Hesselberger auf Anhieb um Längen.

Dass Tilman zum Jahresempfang des Bürgermeisters eingeladen wurde, war nur noch eine Selbstverständlichkeit. Er trug den dunklen Anzug für bessere Gelegenheiten, den seine Mutter ihm geschneidert hatte, und stand im Festsaal des Rathauses zwischen den Honoratioren Nagoldshausens – höheren Stadtbeamten, mittleren

Richtern, erfolgreichen Kleinunternehmern, lauter bieder arrivierten Leuten, die mit Behagen ihr örtliches Ansehen genossen, ein Grüppchen zufrieden-angerunzelter Provinzgesichter, wohlgenährt und anfechtungsfrei.

Noch vor Kurzem hätte Tilman es sich nicht träumen lassen, dass er einmal mit so vielen Hochgestellten zum Bürgermeister eingeladen würde, und er konnte für Titel wie »Stellvertretender Stadtdirektor« oder »Vorsitzender des Abwasserverbandes Süd-Württemberg« ehrlichen Respekt aufbringen. Zu seinem Schrecken fand er sich als Mittelpunkt wieder, wurde mit betulichen und neugierigen Blicken bedrängt, schwere Bäuche in schlecht sitzenden Anzügen schoben sich auf ihn zu, kräftige Hände legten sich tätschelnd auf seinen Rücken, Sätze wie: »Ich habe einen Neffen, der auch sehr groß ist, eins sechsundneunzig – aber mit Ihnen kann er sich nicht messen!«, streiften an ihm vorüber …

Dass er so große Aufmerksamkeit erregte, gab ihm zu denken. Er hatte ja nichts geleistet, was der Rede wert war, niemand konnte behaupten, dass er sich um Nagoldshausen verdient gemacht habe; die Prominenz, die er genoss, war nichtig und gründete sich auf nichts. Wie mochte es, wenn dies ausreichend war, um hierher eingeladen zu werden, ja, sogar zu der am meisten beachteten Figur im ganzen Saal aufzusteigen, um die Verdienste der übrigen Anwesenden bestellt sein?

Der Bürgermeister, ein lebhafter und jovialer Mann, dessen Mund von einem rechteckigen Bart eingerahmt war, hielt eine Festansprache, die auch launige Passagen enthielt. Es dauerte nicht lange, bis er sich Tilman zuwandte.

– Lieber Herr Wölzinger! Schon immer konnte Nagoldshausen, die »Perle am Neckar«, seinen Fremdenverkehrsgästen manches Lohnende bieten. Mit Ihnen jedoch ist, wenn ich so sagen darf, noch eine weitere Attraktion hinzugetreten: Unser Städtchen zählt nun eine Persönlichkeit zu seinen Bewohnern, die im ganzen Lande bekannt, ja ich möchte sagen: berühmt ist. Wenn die Zahl der Hotelübernachtungen im letzten Jahr um erfreuliche sieben Prozent gestiegen ist, so dürften Sie, lieber Herr Wölzinger, daran einen erheblichen Anteil haben. Jedenfalls stellen wir fest, dass immer mehr Touristen, die unserem Städtchen einen Besuch abstatten, im Fremdenverkehrsbüro als Erstes die Frage stellen, wo denn »der deutsche Riese« wohnt.

Hier schmunzelte er breit, und fast alle im Saal folgten seinem Beispiel.

Dritter Teil

17

Steigerungen (Fortsetzung)

Der Aufenthalt in seinem Zimmer wurde für Tilman immer beschwerlicher. An aufrechtes Gehen und Stehen war längst nicht mehr zu denken, stattdessen musste er den Kopf und die Schultern so tief hinabbeugen, dass er beinahe mit den Händen den Boden berührte. Die zu kleinen Möbel lieferten ihm von morgens bis abends lästige Scharmützel, erweckten in ihm das Gefühl, in seinem eigenen Zuhause nicht von praktischen Gegenständen, sondern von boshaft ersonnenen Hindernissen umgeben zu sein. Selbst die Treppe, die in sein Reich hinaufführte, besaß ihre Tücken: Seine Füße fanden auf den schmalen Stufen kaum noch Platz, und das Geländer war viel zu niedrig, um seinen Körper, wenn es einmal nötig gewesen wäre, vor dem Sturz in die Tiefe zu bewahren.

Das alles war jämmerlich und musste ein Ende haben. Also beschloss Tilman, sich im Garten der Eltern ein eigenes Häuschen bauen zu lassen, eine Art Pavillon, der ganz auf seine Größe zugeschnitten sein sollte und in dem er auf einigermaßen bequeme Weise würde leben können. Der Garten war zwar nicht groß, doch bot er genügend Platz, und der bescheidene Wohlstand, der inzwischen Einzug gehalten hatte, ermöglichte manches.

Die ersten Tage, die Tilman in seiner neuen Behausung verbrachte, machten ihn beinahe glücklich. Viertelstundenlang tat er nichts anderes, als in hoch aufgerichteter Haltung und mit lässig ausladendem Schritt umherzugehen und sich dem Gefühl hinzugeben, dass die Tyrannis der kleinen Dinge gebrochen war. Die Hände in die Höhe zu strecken, ohne die Decke zu berühren, mit erhobenem Kopf und weit ausgestellten Ellenbogen durch eine Tür zu gehen – was konnte es Angenehmeres und Befreienderes geben? Auch alle Möbel im Pavillon wurden von einem Schreiner auf Maß gefertigt. Endlich besaß Tilman einen Kleiderschrank, in dem seine gewaltigen Saccos und Hosen auf gehörige Weise Platz fanden, ferner einen riesenhaften Tisch mit riesenhaftem Stuhl, an dem er in gänzlich normaler Haltung eine Mahlzeit einnehmen konnte. Noch drei weitere Stühle ließ er schreinern: Sie waren für Gäste bestimmt und erinnerten mit ihren überhohen Beinen an Kindersitze.

Tilman nutzte die Gelegenheit, sich auch ein besseres Klavier anzuschaffen. Das alte war mit der Zeit in einen bedenklichen Zustand der Auflösung geraten: Die

Töne drangen so heillos dumpf aus ihm hervor, dass die Grenze zum Parodistischen überschritten war; der einzige Klavierstimmer, der sich in Nagoldshausen auftreiben ließ, konnte am Ende nur noch den Kopf schütteln und dazu raten, das moribunde Stück auf den Sperrmüll zu werfen. Tilman kaufte sich einen gebrauchten, jedoch wohlerhaltenen Stutzflügel, dessen sauberer und korrekter Klang ihm zuerst eine Empfindung des Unwirklichen einflößte. Er spielte halbe Tage und halbe Nächte, um das Wunder auszukosten, vernachlässigte darüber sogar das Lesen, was sonst niemals vorkam, und es störte ihn nicht einmal allzu sehr, dass nach einiger Zeit sein Rücken und Nacken zu schmerzen begannen (denn der Flügel war das einzige Möbelstück im Pavillon, das sich nicht seinen Proportionen fügte).

Die Musik bildete den größten Trost seines Daseins. Wenn er einmal gezwungen war, einen Tag ohne sie zu verbringen, hatte er das Gefühl, eine empfindliche Entbehrung zu erleiden. Sie bot ihm Schutz, wenn die Zumutungen, die sein neues Leben als Berühmtheit ihm eintrug, allzu groß wurden. Manchmal fragte er sich, warum gerade die Musik eine so starke Wirkung auf ihn entfaltete, was sie eigentlich besaß, das sie ihm lieber machte als alles Übrige – vielleicht war es dies: Die Musik existierte jenseits der körperlichen Welt. Sie war eine Form der Kunst, die sich dem Greifbaren entzog, ganz im Geistigen und Unsichtbaren beheimatet war. Der Unterschied zwischen Groß und Klein, der über ihn eine so gebieterische und verhängnishafte Macht ausübte, verlor in ihrer Sphäre allen Sinn; wenn er sich ans Klavier setzte und zu spielen begann, durchschritt er Räume, die weder Länge noch Breite noch Höhe besaßen, in denen es ohne Bedeutung war, ob jemand zu den Riesen oder den Zwergen zählte.

Übrigens bereitete ihm das Klavierspielen in letzter Zeit Mühe. Die schiere Größe seiner Finger wirkte sich ungünstig aus – nicht selten schlug er aus Versehen zwei Tasten auf einmal an, so wie es ihm seinerzeit mit der Schreibmaschine ergangen war. Manche schnellen Läufe, die er früher sicher genommen hatte, verwandelten sich in heikle Geschicklichkeitsübungen; vor technischen Schwierigkeiten, die ihn bisher als Herausforderungen gereizt hatten, schreckte er mit vorauseilender Kleinmütigkeit zurück. Traurig stellte er fest, dass er keine Fortschritte mehr machte, vielmehr seinen Fleiß steigern musste, um sich gegen Rückschritte zu stemmen.

Ab und an, wenn er vom allzu langen Spielen müde war, blieb er noch eine Weile vor der Tastatur sitzen und tat nichts, als mit halb geschlossenen Augen einzelne schöne Akkorde anzuschlagen. Das Kinn leicht gegen die Brust gesenkt, lauschte er mit tiefer Konzentration in die Töne hinein, kostete jeden Reiz ihres Zusammenklangs, jede zarte und versteckte, nur dem genauen Horchen sich erschließende Nuance aus. Früher oder später, das sah er voraus, würde es mit dem Musizieren ein Ende haben; das Klavier, das ja ein delikates Instrument war, würde nicht mehr bereit sein, sich von seinen grobschlächtigen Händen traktieren zu lassen. Doch immerhin, dies Schwelgen in Akkorden, das sich mit Andeutungen und Bruchstücken begnügte, bei dem die Grenze zum Verstummen nur einen Schritt entfernt war, würde ihm, so hoffte er, selbst dann noch bleiben.

Am Abend, wenn die Dämmerung einsetzte, ging er hinaus; seine Kraft zum Alleinsein ließ nach, es hielt ihn nicht mehr in den eigenen vier Wänden, so lieb sie ihm sein mochten, auch musste er seinen Körper, für den es sonst nichts Rechtes zu tun gab, ein wenig spazieren führen. Um seine Gesundheit stand es weder gut noch schlecht. Manchmal litt er unter irritierenden Beschwerden, für die er keinen Namen finden konnte, es war ein eigentümlich ziehendes, spannendes Gefühl, das sich in den Hüften und im Rücken umtat; bisweilen konnte es so stark werden, dass es ihn an allem Besseren hinderte. Auch die Gelenke in den Beinen machten, wie die Herren Blunck und Meier-Schellberger ihm ja schon vor langer Zeit vorausgesagt hatten, auf sich aufmerksam: Gelegentlich schwollen sie an, setzten jeder Bewegung einen heimlichen, aber wirksamen Widerstand entgegen, lehnten sich gegen das immer gewaltigere Gewicht auf, das sie durch den Tag tragen mussten.

Tilman gab sich Mühe, seine Gebrechen leichtzunehmen. Sie ließen sich noch recht gut ertragen, und das Wort »Schmerz« zu benutzen wäre übertrieben gewesen, ein Fall von unmännlicher Wehleidigkeit. Zwar täuschte er sich nicht darüber, was sie zu bedeuten hatten: Sie waren diskrete Vorboten des Verfalls, wiesen ihn in schonender Weise darauf hin, dass es mit ihm nicht immer so weitergehen konnte. Doch die Hoffnung, dass sein Wachstum einmal enden, der Spuk des Immer-größer-Werdens sich eines Tages verflüchtigen würde, blieb trotzdem in ihm lebendig. Gerade dass er seit Jahren wuchs und wuchs, jedes normale Menschenmaß immer weiter hinter sich ließ, schien ihm auf paradoxe Art ein Grund zur Zuversicht: Denn besagte es nicht, dass die Grenzen des Außerordentlichen irgendwann einmal erreicht sein, die Möglichkeiten zur absurden Abweichung sich erschöpft haben mussten?

Er besaß einen starken Willen zur Haltung, der ihn in die Lage versetzte, gewisse Vorstellungen, die allzu unheilvoll waren, von sich fernzuhalten oder nur im Vorbeigehen einen raschen, scheuen Blick auf sie zu werfen. Fast immer gelang es ihm, sich niederdrückender Gedanken zu erwehren, die Unterströmung von Trauer, die zu seinem Dasein gehörte, nicht allzu sehr anschwellen zu lassen.

In den Abendstunden waren nicht mehr viele Nagoldshausener unterwegs; doch wer immer ihm begegnete, verfiel sogleich in jenes unbemäntelte Starren, das sein Erscheinen auf zwingende Weise auslöste. Natürlich kannte ihn längst jeder im Städtchen, es gab niemanden, der ihn nicht, sei es auf der Straße oder in der Zeitung, schon oft gesehen hätte; doch der Reiz, der von seiner Gestalt ausging, war unerschöpflich. Viele grüßten ihn im Vorübergehen mit einem vertraulichen Kopfnicken oder »Guten Abend, Herr Wölzinger«, denn auch wenn sie noch nie ein Wort mit ihm gewechselt hatten, schien er ihnen doch ein guter Bekannter zu sein, waren sie über die kleinen und großen Bewandtnisse seiner Existenz so gut im Bilde, dass sie es für unfreundlich gehalten hätten, ohne ein Zeichen der Aufmerksamkeit an ihm vorüberzugehen.

Tilman konnte inzwischen das Aufsehen, das er erregte, gleichmütig ertragen. Wenn die Kinder des Städtchens hinter ihm herliefen und kicherten, war es ihm einerlei; und dass die Touristen ihn für die größte Sehenswürdigkeit des Städtchens hielten und bei seinem Erscheinen emsig-aufgeregt ihre Fotoapparate in Anschlag brachten, konnte ihm sogar ein Lächeln abnötigen (was die Touristen wiederum freute, denn ein Riese, der mit heiterem Gesicht in die Kamera blickte, war ein desto dankbareres Motiv). Die Eitelkeit war ihm abhanden gekommen; den Wunsch, nicht aufzufallen und so wie alle zu sein, hatte er in sich abgeschafft.

Blieb ihm etwas anderes übrig? Vor einiger Zeit war er an seinen beiden Konkurrenten, dem Ukrainer und dem Bolivianer, unter dem Jubel der Presse vorübergezogen und galt nun, mit einer offiziell gemessenen Körperlänge von zwei Meter siebenundsechzig, als größter Mann der Welt. Damit war er vollends zur menschlichen Kuriosität geworden, zu einem halb schaurigen, ein Stocken des Atems auslösenden, halb auch wieder rührenden Naturwunder. In früheren Zeiten wäre er als Nummer für eine Jahrmarktbude geeignet gewesen, inzwischen hatte die Menschheit eine höhere Stufe der Entwicklung erklommen: Bedrucktes Papier und leuchtende Bildschirme waren an die Stelle der Buden getreten. Die Riesen und sonstigen Schaustücke aus dem Naturalienkabinett hatten den engen Bezirk der Marktplätze verlassen und das ganze Land zur Bühne ihrer Selbstentblößung gemacht.

Er gab sich Mühe, den gaffenden Gestalten, die sich vor den modernen Buden drängten, nicht zu grollen, und in manchen Augenblicken konnte er selbst ein wenig Mitleid mit ihnen empfinden. Mit geistigen Genüssen konnten sie nun einmal wenig anfangen, und so blieb ihnen nichts übrig, als sich ihre Vergnügungen anderswo zu holen. Sie liefen mit dem trüben Bedürfnis durchs Leben, sich am Unglück anderer zu laben, täglich eine Dosis Banales und Schmutz zu sich zu nehmen. Sie brauchten ihren billigen Spaß, und nirgends fanden sie ihn so zuverlässig wie im drastisch Ungewöhnlichen, verblüffend Abweichenden. Wenn sie sich eine Weile an seinem Anblick geweidet, ihrer Lust am Abnormen den nötigen Auslauf verschafft hatten, fühlten sie sich glücklicher: Zufrieden durften sie sich sagen, dass sie nicht so groß waren wie er, dass sie um keine Handbreit aus der Herde der Menschen hinausragten, ein verschontes Leben unter Verschonten führten.

Zugleich erkannten sie in ihm aber auch wieder sich selbst. Denn so ungewöhnlich er sein mochte, stand er ihnen doch nahe – er war nichts weiter als ein Dachdecker, ein Buchhalter, ein Arbeitsloser; es gab beinahe nichts an ihm, mit dem er andere überflügelt, das ihn der Erwähnung wert gemacht hätte – nur dies eine eben, dass er den größten Körper unter Milliarden besaß. So war er, ohne dass sie es recht begriffen, ihr Stellvertreter im Reich der Berühmten. Er half ihnen ihr Bedürfnis stillen, nicht immer nur in der Masse der Gleichen zu trotten, lebte für sie den Traum, einmal das öde Maß aller Welt von sich abzustreifen.

Er überragte die meisten Menschen jetzt um drei oder vier Köpfe. Kaum erinnerte er sich noch daran, wie es gewesen war, einem anderen in aufrechter Haltung von Angesicht zu Angesicht gegenüberzutreten. Selbst wenn ihm ein Mann von stattlicher Größe begegnete, war das Erste und Deutlichste, was er von ihm zu sehen bekam, seine mehr oder minder behaarte Schädeldecke. Kinder und klein gewachsene Frauen nahmen den Charakter von tückischen Hindernissen an, über die er zu stolpern drohte. Auch dies half ihm, zu den Menschen Distanz zu wahren: Zwar schien es sich lediglich um eine Frage der Perspektive, um eine geringfügige Verschiebung des Standpunktes im Raum zu handeln – doch die seelischen Wirkungen waren groß. Dem Volk der Zwerge konnte er, wenn er nur ein Quäntchen Ironie aufbrachte, vieles verzeihen, was ihn sonst in Wut versetzt hätte. Die Winzlinge zu seinen Füßen genossen, wenn sie sich unverschämt benahmen, Anspruch auf mildernde Umstände.

Manchmal geschah es, dass er bei seinen abendlichen Gängen irgendwo ein Gesicht sah, das ihm gefiel, aus dem nicht die gewohnte derbe Neugier sprach, sondern etwas Verstehendes und Mitempfindendes, eine Spur von wissender Sympathie. Solche Begegnungen waren ihm viel wert; die guten Gesichter entschädigten ihn für so viele, unter denen er mit Fug und Recht hätte leiden dürfen, und er nahm sie in sein Gedächtnis auf, wo sie für Tage und Wochen lebendig bleiben konnten. Zugleich ließ er sie sich als Warnung dienen: So viel er auch von den Menschen zu erdulden hatte, durfte er sich doch nicht gegen sie verschließen. Die Menschen zu verachten, fügte seiner Seele Schaden zu, es machte sein Inneres hässlich. Wenn dies jedoch geschah, geriet er in Gefahr, sich selbst nicht mehr lieben zu können. Und wenn er sich selbst nicht mehr lieben konnte, wen gab es dann noch, der ihm blieb?

18

Tilman der Ernährer

Nach dreiundneunzig Geschäftsjahren wurde die Dachdeckerei »Wölzinger & Söhne« aus dem Handelsregister von Nagoldshausen gelöscht. Der Vater nahm diesen Schlag mit einer Gefasstheit hin, die bei allen, die ihn kannten, Staunen auslöste. Zwar verließ er einige Wochen lang nicht das Haus, als schäme er sich, draußen einem Bekannten zu begegnen, verbrachte den überwiegenden Teil seiner Tage vor dem Fernsehapparat und war des Öfteren mehr als halb betrunken. Doch dann begann seine Stimmung sich aufzuhellen, und er legte eine stille und milde Resignation an den Tag. Offenkundig wirkte es sich günstig aus, dass die Katastrophe bereits vor langer Zeit am Horizont erschienen war, sodass er einen Teil der seelischen Arbeit, deren es bedurfte, um mit dem Fatalen seinen Frieden zu machen, im Voraus hatte ableisten können.

Auch Tilman trug dazu bei, ihm seinen erzwungenen Ruhestand erträglich zu machen. Die Zeiten waren vorüber, in denen er seinen Sohn für einen Versager, für das schwarze Schaf der Familie gehalten hatte. Tilman war nun ein »gemachter Mann« – was für ein Umschwung! Das Sorgenkind von gestern, das sich als unnützer Esser und Lufteinatmer im elterlichen Haus herumgedrückt hatte, war auf wundersame Art zum Mittelpunkt der Familie, zur Zierde aller Wölzingers geworden. Zwar hatte Tilman es nicht vermocht, die ehrwürdige Kette der Dachdecker fortzusetzen – das nicht; aber dafür war er regelmäßig im Fernsehen und in der Zeitung zu sehen und gehörte, wie erst kürzlich eine Umfrage ergeben hatte, zu den zehn bekanntesten Deutschen, ja ließ sogar Franz Beckenbauer und Adolf Hitler hinter sich – so mochte es angehen.

Der Vater schlürfte alle Meldungen über Tilman stolz und erregt ein. Wenn er am Morgen beim Frühstück eine Zeitung entfaltete und ihm zwischen Fotos von abgestürzten Flugzeugen, bestialischen Mördern und entblößten Brüsten das Gesicht seines Sohnes entgegenblickte, konnte ihn ein Gefühl plötzlichen Schwindels befallen, das seinen Körper auf dem Küchenstuhl ins Schwanken brachte. Wenn er den Fernseher einschaltete und wirklich und wahrhaftig sah, wie Tilman auf eine Parkbank zuging und einem Säugling den guten Rat erteilte, er möge seinen Gemüsebrei essen, durchrieselte ihn ein wunderbarer Stolz – das Gefühl einer ungeheuren, ins Phantastische gesteigerten Bedeutsamkeit, die alle Gesetze seines bisher so unscheinbar dahinkriechenden Daseins auf den Kopf stellte.

Von jeder Zeitung, in der sich ein Artikel über Tilman fand, kaufte er drei Exemplare: Das erste verleibte er einer Sammelmappe ein, denn er hatte den Ehrgeiz, jedes gedruckte Wort, das über seinen Sohn erschien, für kommende Zeiten aufzubewahren. Aus dem zweiten Exemplar schnitt er den Artikel säuberlich aus und befestigte ihn mit Reißzwecken an der Wand des Wohnzimmers, wo er ihn im Laufe des Tages immer wieder, mal kurz im Vorübergehen, mal mit genussvoller Ausführlichkeit, betrachtete. Das dritte Exemplar verschenkte er an Freunde und Bekannte, um sich das Vergnügen des Prahlens nicht entgehen zu lassen.

Tilman reichte alles, was er verdiente, treu und ohne Aufhebens an die Familie weiter. Nur einen kleinen Betrag behielt er für sich – ein Taschengeld sozusagen, das er sich selbst auszahlte und auf das er dann doch nicht verzichten mochte. Wenn man von dem dürftigen Lohn absah, welchen die Mutter aus der Fleischerei nach Hause brachte, waren Tilmans Honorare nun die einzige Geldquelle, aus der die Familie schöpfen konnte. Auch dies nötigte dem Vater Respekt ab, ließ die Wertschätzung, die er für seinen Sohn empfand, weiter steigen; und immer wenn Tilman einen Reporter zum Gespräch empfing oder sich von einem Fotografen ablichten ließ, stellte er ihm anschließend die Frage, wie viel denn »herausgesprungen« sei. Spätestens in solchen Momenten meldete sich beim Vater allerdings auch ein gewisser

Neid: Er selbst hatte sein Leben lang schwere Arbeit bei Wind und Wetter geleistet und war doch immer in dürftigen finanziellen Verhältnissen stecken geblieben, ja am Ende hatte er sogar erleben müssen, wie ihm alles mühselig Erarbeitete zwischen den Händen wieder zerbröselte; Tilman dagegen »redet im Fernsehen fünf Minuten irgendwelches Zeug und verdient gleich ein Heidengeld!«.

Mit den Jahren hatte Tilman für die zahlreichen Schwächen und Unerlöstheiten des Vaters einen immer klareren Blick gewonnen. Statt seine Mängel zu bekämpfen, zog der Vater es vor, sich ruhig und genügsam in ihnen einzurichten, sie als einen letztlich liebenswerten Teil seiner Existenz zu betrachten, für den er niemandem, und nicht einmal sich selbst, Rechenschaft schuldig war. Tilman bemühte sich, nicht in Rage darüber zu geraten. Er behandelte seinen Vater mit der gleichen hoch entwickelten Höflichkeit, die er sich auch sonst zur Pflicht machte, und hätte es als einen Schnitzer empfunden, sich ihm gegenüber eine Blöße zu geben, in seinem Pathos der Höflichkeit nur um einen Fingerbreit nachzulassen. Gerade weil er sich selbst gesteigert hatte, konnte er über vieles mit einem unsichtbaren Lächeln hinwegsehen. Freilich, manchmal musste er denken: Was für ein Mensch, wie schwer zu lieben. Jemanden zu ernähren, der weniger von Allzumenschlichkeit gestrotzt hätte, wäre noch schöner gewesen.

An jedem Sonntag versammelte sich die Familie im Pavillon zum Mittagessen. Vater und Mutter schienen inmitten der übergroßen Möbel, besonders wenn sie auf den Hochstühlen Platz nahmen, auf surreale Weise zusammengeschrumpft – umso mehr, als sie auch schon inmitten gewöhnlicher Möbel keineswegs groß wirkten. Die Mahlzeiten verliefen in recht gelöster und gesprächiger Atmosphäre, die Eltern genossen es, von ihrem im doppelten Sinne des Wortes großen Sohn zu Tisch gebeten zu werden. Der Vater bemühte sich um gute Manieren, soweit es ihm gegeben war, denn er wollte Tilman einen Gefallen tun; wenn er sich hin und wieder vergaß, etwa indem er mit den Zinken der Gabel seine Fingernägel reinigte, warf ihm die Mutter einen mahnenden Blick zu, worauf er zusammenzuckte und die Gabel einstweilen wieder so verwandte, wie es den Gepflogenheiten entsprach.

Auch Simone fehlte bei den Mahlzeiten nicht. Seit sie zurück unter das Dach der Eltern gezogen war, lebte sie schweigsam und in einem Zustand ständiger Gedrücktheit vor sich hin. Das Schicksal ihres Mannes, der unschuldig verurteilt worden war, setzte ihr zu, und auch von der Geburt ihres Kindes hatte sie sich, obwohl diese inzwischen schon recht weit zurücklag, noch nicht erholt. Dass sie eine Arbeit annehmen, auch nur den bescheidensten Obolus zum Erhalt der Familie beitragen könnte, war ausgeschlossen. Den ganzen Tag hindurch hielt sie sich behäbig, von einer dauerhaften, durch nichts zu bekämpfenden Trägheit im Griff gehalten, im Haus auf, kümmerte sich um die kleine Jennifer, nicht ohne darunter zu leiden, dass diese so häufig schrie, und bot insgesamt das Bild einer vom Leben Gebeutelten, vor der

Zeit Erschlafften, der niemand es verübeln durfte, wenn sie sich gehen ließ.

Bei Tisch leistete Simone kaum einen Beitrag zur Unterhaltung. Wenn die anderen sie zum Sprechen bringen wollten, mussten sie ihr Fragen stellen; doch die Antworten, die sie gab, waren so fade und verwaschen, dass niemand sich ermutigt fühlte, weitere Fragen folgen zu lassen. Der Vater richtete seine Aufmerksamkeit ausschließlich auf Tilman und ließ Simone links liegen. Ohnehin brachte er seiner Tochter neuerdings geringere Wertschätzung entgegen: Seit sie mit dem Bau des villenähnlichen Hauses gescheitert war, auch das schicke Cabriolet ihres Mannes hatte verkaufen müssen, sogar nicht einmal genug Geld aufbrachte, um sich eine eigene Bleibe zu leisten, hielt er sie für eine Versagerin.

19

Nina

An der Heidelberger Universität wurde ein Seminar mit folgendem Titel abgehalten: »Die negative Identifikationskraft des Monströsen im Spannungsfeld zwischen kollektiver Ausgrenzung und sozialer Hygiene – der Fall Tilman Wölzinger«. Eine Professorin lud Tilman ein, als Gast an einer Seminarsitzung teilzunehmen. Er sagte zu, denn im schönen Heidelberg war er noch nicht gewesen, und die skurrile Veranstaltung weckte seine Neugier.

Kaum hatte das Seminar begonnen, empfand er bereits Reue, nicht in Nagoldshausen geblieben zu sein. Es war ein feuchtheißer Sommertag; der große Seminarraum, in dem zusätzliche Stuhlreihen aufgestellt waren, um all den Neugierigen Platz zu bieten, die den berühmten Gast in Augenschein nehmen wollten, füllte sich binnen kurzem mit säuerlicher Stickluft. Die Professorin hielt einen Einleitungsvortrag in schleppendem Tempo, den Tilman zum überwiegenden Teil nicht verstand. Dies war ihm umso unangenehmer, als er häufig seinen Namen nennen hörte und die Professorin ihm nach jedem zweiten oder dritten Satz einen kurzen Blick zuwarf, um in seinem Gesicht nach Zeichen von Verständnis, wenn nicht gar von Zustimmung zu suchen. Wenn er ausnahmsweise etwas begriff, geriet er ins Staunen, wie schlicht es war – und dann zweifelte er, ob er auch wirklich verstanden habe. Konnte es sein, dass eine leibhaftige deutsche Professorin derart schlichte Dinge sagte? Nach einiger Zeit verflüchtigten sich seine Zweifel; und nun empfand er geradezu Erleichterung, dass ihm das meiste unverständlich blieb.

Als die Professorin geendet hatte, forderte sie die Studenten auf, Tilman Fragen zu stellen. Eine nicht mehr ganz junge Frau, die bisher die meiste Zeit hindurch mit glasigem Blick aus dem Fenster gesehen und dabei ihren Mund leicht geöffnet hatte, um die schwere Luft einzusaugen, hob als Erste die Hand.

– Meinen Sie nicht, fragte sie, dass Sie durch Ihre ständige mediale Präsenz in einen Affirmationsprozess verstrickt werden, dessen Auswirkungen Sie nicht steuern können?

Tilman blickte sie freundlich und ernsthaft an.

– Über diese Frage habe ich noch nicht nachgedacht. Und ich bin mir auch nicht sicher, ob ich sie verstanden habe.

Dies löste eine gewisse Heiterkeit aus. Die Professorin sah ihm mit einem sinnigen Lächeln in die Augen, hier und da wurde gekichert, im hinteren Teil des Saals lachte jemand unbekümmert und mit wohlklingendem Bariton. Selbst die nicht mehr ganz junge Frau ließ ein verlegenes Lächeln sehen, schien sich im Übrigen mit Tilmans Antwort aber zufriedenzugeben und blickte wieder, ihren Mund leicht öffnend, zum Fenster hinaus.

Jetzt meldete sich ein Mann, der von Kopf bis Fuß in Schwarz gekleidet war, auf dem Tisch vor sich einen breitkrempigen schwarzen Hut liegen hatte und einen schwarzen Kinnbart trug.

– Als »Riese« stellen Sie die Kategorien von Norm und Abweichung radikal infrage. Sie fordern das Normalitätsverständnis der Gesellschaft in permanenter Weise heraus. Wie gehen Sie damit um?

Tilman wollte die gleiche Antwort geben wie zuvor; doch nach einem kurzen Zögern entschied er sich anders.

– Sie haben recht. Als »Riese« führe ich einerseits den herrschenden sozialen Konsens über das »Normale« in seiner ganzen Willkürlichkeit vor. Andererseits bestätige ich diesen Konsens aber auch wieder in seiner Relevanz. Ich denke, wir haben es hier mit einem dialektischen Prozess zu tun, bei dem die Normalität letztlich an sich selbst scheitert.

Niemand lachte. Der Mann in Schwarz zwirbelte seinen Kinnbart zwischen den Fingern und sah Tilman mit einem Ausdruck an, in dem Zustimmung und verwirrte Skepsis einander die Waage hielten.

Noch drei oder vier weitere Studenten stellten Fragen; Tilman beantwortete sie mit der gleichen Mischung aus Mutwillen und gespieltem Ernst. Er hörte sich Sätze sagen wie: »...der Begriff Normalität ist, wenn man ihn in einem körperlichen Sinn auffasst – aber auch wenn man dies gerade nicht tut –, eine bloße Fiktion ...«, »... ich glaube, es handelt sich hier um eine anthropologische Ambivalenz, der jeder von uns – wie groß er auch immer sein mag – mit derselben Unbedingtheit ausgeliefert ist ...« Viele beugten sich über die Tische und vertrauten Tilmans Worte ihren Schreibblöcken an, nirgendwo im Saal verzog jemand das Gesicht zu einer Andeutung von Spott ...

Schließlich dankte ihm die Professorin und forderte die Studenten auf, über das Gehörte zu diskutieren. Ein lebhaftes Gespräch setzte ein, alle schienen Tilmans Ausführungen für originell und geistig anregend zu halten und gaben sich Mühe, ihnen etwas ebenso Originelles und Anregendes hinzuzufügen.

Tilman machte es sich in seinem Stuhl bequem und suchte seinem Gesicht einen Ausdruck von freundlicher Interessiertheit zu geben. Niemand erwartete von ihm, dass er an der Diskussion weiter teilnehme, und so durfte er sich dem beruhigenden Gefühl hingeben, das Seine getan zu haben. Er wollte die Augen schließen, sich aus diesem stickigen und auch sonst nicht angenehmen Raum zurückziehen, die Flucht in sein Inneres antreten ... Doch nein, es durfte nicht sein. Die Höflichkeit gebot, seinen Gastgebern wenigstens eine Spur von

Beachtung zu schenken; da er dies seltsame Spiel einmal begonnen hatte, musste er es bis zum Ende durchhalten …

Er ließ, um sich die Wirklichkeit nicht entgleiten zu lassen, den Blick über die Reihen der Studenten schweifen und entdeckte Nina. Sie saß ein wenig abgerückt von den übrigen, soweit dies in der bedrängenden Enge überhaupt möglich war, und hielt die Arme in einer Geste der Unzufriedenheit vor der Brust verschränkt. Mit ihren großen dunklen Augen sah sie im Saal umher, als suche sie nach etwas, das ihr ein wenig Freude oder Ablenkung verschaffen konnte, und wisse doch schon im Vorhinein, dass sie es nicht finden würde. In ihrem Gesicht, das einen eigentümlichen, nicht leicht zu fassenden Charakter hatte, lag ein ironischer Zug, eine lustvolle Bereitschaft zur Attacke, die wohl nicht allzu häufig daraus wich. Tilman spürte sofort, dass sie eine Frau war, die an sich selbst und andere hohe Ansprüche stellte; die ihre liebe Mühe haben mochte, jemanden zu finden, mit dem sie es aushalten konnte, der nicht früher oder später ihrem ironischen Blick zum Opfer fiel … Er stutzte: Woher wusste er das? Sie saß ja einfach nur da, zudem recht weit von ihm entfernt, hatte den Kopf kaum in seine Richtung gewandt; und doch, er wusste es, und das gab ihm zu denken.

Plötzlich räumte Nina ihr Schreibzeug zusammen, stand mit energischem Schwung auf wie jemand, der lange seine Ungeduld bekämpft hat, nun jedoch am Ende seiner Kräfte angelangt ist, und ging zwischen den engen

Stuhlreihen hindurch zur Tür. Tilman zwang sich, nur aus den Augenwinkeln zu ihr hinüberzusehen, und doch gelang es ihm, mit ziemlicher Genauigkeit ihren Körper zu taxieren, der schmal und zierlich war. Er besaß etwas Zurückgenommenes und Untergeordnetes, musste sich gleichsam mit einer Nebenrolle begnügen: Seine wichtigste Aufgabe bestand darin, den klugen Kopf zu tragen. Nina schloss hörbar, nicht sehr um Diskretion bemüht und als wolle sie noch im Abgang einen unfreundlichen Kommentar zu dem Seminar geben, die Tür.

– Da geht sie hin, dachte er, und indem er wieder in seine Zerstreutheit zurücksank, hing er ihrem Bild nach. Er sah ihre Augen, deren Lider leicht angeschnitten waren, wofür er schon immer eine Schwäche besessen hatte; ihren Mund, den sie ungeschminkt trug, was gut zu ihrer Knabenhaftigkeit passte, ihr zugleich aber auch einen strengen, unsinnlichen Zug gab … Der Gedanke, sie niemals wiederzusehen, versetzte ihm einen Stich, und in seiner Versunkenheit stieß er einen Seufzer aus, der allerdings so leise und hauchartig war, dass selbst die Nächstsitzenden ihn nicht hörten.

Die Studenten klopften auf die Tische, ein allgemeines Rumoren setzte ein – Tilman erwachte und begriff, dass das Seminar zu Ende war. Die Professorin schüttelte ihm die Hand und bedankte sich in schleppendem Tempo für sein Kommen und seine »sehr konstruktiven Beiträge, die bei den Studenten auf großes Interesse gestoßen sind«. Konfus fragte er sich, ob sie wohl seine Geistesabwesenheit bemerkt habe, warf einen Blick in ihr Gesicht, um nach Spuren von Verärgerung zu suchen, wurde jedoch nicht fündig. Drei Studenten kamen auf ihn zu und baten um Autogramme. »Aber gern!«, hörte er sich sagen und schrieb, in dieser Prozedur seit längerem geübt, mit Verve seinen Namen auf Blätter. Die Professorin geleitete ihn unter Redensarten aus dem Saal; ein Fotograf machte eine Serie von Aufnahmen mit Blitzlicht; weitere Studenten hielten ihm Blätter entgegen, die er signierte; die Professorin drückte ihm ein Buch in die Hand und führte ihn unter weiteren Redensarten zu einer Tür; und plötzlich fand er sich allein auf dem Platz vor der Universität wieder.

Der Himmel war samtig blau. Ein Lufthauch, der sich eigens aufgemacht zu haben schien, um Tilman nach der Strapaze des Seminars zu begrüßen, glitt über sein Gesicht. Schöne alte Bürgerhäuser, die sich seit Jahrhunderten nicht verändert hatten, säumten den Platz; über den rotbraunen Ziegeldächern, die in der Sonne glühten, zogen Schwalben ihre jagenden Figuren. Tilman lächelte über dies Stillleben, nahm mit geschlossenen Augen einige Atemzüge der reinen Luft, in der ein Duft von Baumblüten war …

– Guten Tag, Herr Wölzinger. Es gibt eine Frage, die niemand im Seminar Ihnen gestellt hat, und dabei halte ich sie für höchst naheliegend.

Überrascht ließ er den Blick sinken und entdeckte Nina.

– Welche Frage meinen Sie?

– Warum nehmen Sie es auf sich, eine derart ärgerliche Veranstaltung zu besuchen?

Er lächelte und strich sich mit den Fingern das Haar zurecht.

– Nun, man hat mich eingeladen, und als geduldiger Mensch wollte ich nicht Nein sagen. Im übrigen habe ich gelernt, einiges zu ertragen.

– Einiges schon – aber das?

Sie blickte mit zurückgelegtem Kopf zu ihm empor, wobei sie die Hand über die Augen legte, um sie gegen das grelle Licht zu schützen. Tilman musste an Franzi denken, die ihn früher in der gleichen Haltung ihren Freunden vorgestellt hatte. Doch diese Erinnerung war ihm unangenehm, ja er schämte sich ihrer geradezu – sie schien Nina, kaum dass er die ersten Worte mit ihr wechselte, sogleich eine Beleidigung zuzufügen.

– Sie dürfen mir übrigens nicht übel nehmen, sagte sie, dass ich vorzeitig gegangen bin.

– Aber nein, schon gut.

– Der Grund ist einfach: Ich konnte das Gewäsch nicht länger ertragen.

– Hoffentlich haben Sie Verständnis dafür, dass *ich* bis zum Ende geblieben bin.

– Ach so? Sind Sie das wirklich?

Tilman blickte sie fragend an.

– Mich können Sie nicht täuschen, sagte sie. In Wahrheit sind Sie früher gegangen als ich. Ihr Körper war zwar noch anwesend, doch der Rest hat sich davongemacht.

Nina war nachlässig und unwählerisch gekleidet. Besonders ihre Bluse, ein formloses Stück in Altrosa, das dringend hätte gewaschen werden müssen, und ihr schief sitzender Rock, dessen Farbe an Schlamm erinnerte, fielen nachteilig auf. Tilman dagegen wirkte in seinem khakifarbenen Leinenanzug mit seidener Krawatte wie ein Provinzler, der sich für seinen Besuch in der großen Stadt nach Kräften herausgeputzt hat. Später begriff er, dass Nina es für eine Frage des Ernstes, der Beschränkung auf die wesentlichen Dinge des Lebens hielt, ihrer Kleidung nur die notdürftigste Aufmerksamkeit zu widmen; und die ironischen Dispute, die sie darüber führten, gehörten zu den Ritualen ihrer Zweisamkeit.

– Wir können uns auch duzen, sagte sie.

– Gern!

– Ich heiße Nina … Übrigens war ich heute zum ersten Mal in diesem Seminar. Ich bin nur zufällig hineingeraten; für die »negative Identifikationskraft des Monströsen« interessiere ich mich nicht im Geringsten.

Tilman lächelte ihr zu.

– Ich hoffe, dass ich dich mit meinen Ausführungen nicht gelangweilt habe.

– Nein, keineswegs. Allerdings muss ich zugeben, dass ich nicht verstanden habe, was du gesagt hast.

– Ich habe es auch nicht verstanden!

Nina machte einen Schritt zur Seite, in Tilmans geräumigen Schatten hinein, und nahm die Hand von den Augen. Er richtete sich zu ganzer Größe auf und versuchte seine Schultern noch breiter zu machen, als sie ohnehin waren: Es beglückte ihn, dass er Nina, und sei es nur durch seinen Schatten, einen ersten Gefallen erweisen konnte.

– Ich brauche jetzt etwas zu trinken, sagte sie. Drüben, an der Heiliggeistkirche, gibt es ein Café, das annehmbar ist. Kommst du mit?

Sie schlenderten durch die Idylle, und Tilman gab darauf acht, Nina keinen Augenblick aus seinem bergenden Schatten zu entlassen.

20

Allein zu zwein

Das ›Café Grenzenlos‹ war von malerischer Schäbigkeit. In einem dämmerigen Raum standen ohne erkennbare Ordnung einige Tische und Stühle umher, die in bedenklich abgenutztem Zustand waren. Ein Deckenventilator, um den Tilman beim Hereinkommen, um seine Kehle nicht in Gefahr zu bringen, einen Bogen beschrieb, drehte sich langsam und mit melancholischem Schlingern. An den Wänden, auf denen sich die Ausdünstungen ungezählter Studentenjahrgänge niedergeschlagen hatten, hingen verblichene Theater- und Kabarettplakate, die längst vergessene Vorstellungen ankündigten. Die Fenster verbargen sich hinter ausgefransten Vorhängen und siechenden Topfpflanzen.

– Ich liebe das ›Grenzenlos‹!, sagte Nina. Es ist unmöglich, hier gut zu essen oder zu trinken; daher kommen nur wenige Leute her, und man hat seine Ruhe.

Sie saßen an einem Tisch, dessen Platte mit einem Muster aus Glasringen und sonstigen Flecken übersät war; sie mussten aus denselben verschollenen Tagen überkommen sein wie die Plakate. Die Gäste an den Nebentischen drehten, um Tilman zu mustern, mit unterschiedlichen Graden von Indiskretion ihre Hälse und Oberkörper.

– Weißt du, ich lese gewöhnlich nicht den Berliner Express und all das, sagte Nina. Mit solchen Produkten geistiger Einfachheit kann ich nichts anfangen. Auch Werbung im Fernsehen halte ich mir vom Leibe – aus demselben Grund. Aber du bist mir natürlich trotzdem schon oft begegnet. Es ist ja geradezu unmöglich, deinem Bild aus dem Weg zu gehen. Und jedes Mal, wenn ich dich sehe, stelle ich mir die Frage: Was mag in dem »deutschen Riesen« wohl vorgehen? Was treibt ihn, diesen brechreizerregenden Rummel mitzumachen?

Sie zwinkerte ihm ironisch zu, suchte das Herausfordernde ihrer Frage hinter einem Ausdruck von Verschmitztheit zu verbergen; aber Tilman gab ihr mit einem Lächeln zu verstehen, dass es solcher Verstellungen zwischen ihnen nicht bedurfte.

– Ich könnte dir eine einfache Antwort geben, und die würde etwa so lauten: Ich bin gezwungen, mich an dem Rummel zu beteiligen, denn ich habe nichts anderes, wovon ich leben kann. Alle halbwegs bürgerlichen Berufe, mit denen andere Leute ihr Geld verdienen, sind mir verschlossen. Daher bleibt mir nichts übrig, als mich von meinem sensationellen Körper zu ernähren. Und übrigens nicht nur mich selbst – es gibt noch ein paar andere Menschen, für die ich sorgen muss. Mein Vater, meine Mutter, meine Schwester, eine kleine Nichte, sie alle hängen von mir ab.

Ich gebe zu, es gibt appetitlichere Arten, seinen Lebensunterhalt zu bestreiten. Aber ich kann es mir nicht leisten, wählerisch zu sein – Brechreiz hin, Brechreiz her. Wenn ich meinem Widerwillen nachgeben, jeden Reporter, der an meiner Tür klingelt, mit dem empfangen würde, was er verdient, nämlich einem Fußtritt: Welchen Gefallen täte ich damit meiner Familie? Woher nähme dann mein Vater das Geld, sich den Berliner Express zu kaufen?

Natürlich denke ich auch ein wenig an mich selbst. Ob du es glaubst oder nicht, ich habe ein paar Komfortansprüche. Es ist noch gar nicht lange her, da war ich gezwungen, im Haus meiner Eltern zu wohnen. Ich hauste in meinem alten Kinderzimmer und musste immer die Tapete vor mir sehen, die ich schon als Dreijähriger gut kannte. Inzwischen bin ich ein Stück vorangekommen – im Garten der Eltern besitze ich jetzt eine Blockhütte. Sie ist der Lohn dafür, dass ich von Zeit zu Zeit im Fernsehen auftrete und mich über ein Baby beuge.

Eine Kellnerin brachte ihnen den Rotwein des Hauses. Sie stießen an und tranken schweigend. Tilman fand, dass der Wein noch herber und wässeriger schmecke, als er es nach Ninas Ankündigung erwartet hatte.

– Das war die einfache Antwort, sagte Nina. Sie gefällt mir nicht schlecht; aber ich hoffe natürlich, dass du noch eine bessere auf Lager hast.

– Was hältst du von folgender? Hin und wieder leide ich unter einem Mangel an Beschäftigung. Mein Dasein kann recht eintönig sein, weißt du: Ich lebe als Einsiedler vor mich hin und habe nicht viel zu tun. Die meiste Zeit verbringe ich in den vier Wänden meiner Klause, versuche ein bisschen zu lesen, stümpere ein bisschen auf dem Klavier … Zugegeben, das ist keine schlechte Beschäftigung. Wenn ich mir eine auswählen dürfte, wäre es genau diese. Und doch, manchmal lässt es sich nicht vermeiden, dass ich mich langweile; dass ich am Abend nicht weiß, wo seit dem Morgen die viele Zeit geblieben ist. Dann ertappe ich mich bei dem Wunsch, irgendetwas Handgreifliches zu tun, nicht immer nur auf mich selbst zu starren. Ich ertrage es nicht mehr, als einsamer Riese in meiner Höhle zu hocken, ich will hinaus ans Tageslicht kriechen. In solchen Momenten kommt es mir gelegen, wenn ein nicht ganz erstklassiger Journalist erscheint, um ein Interview mit mir zu führen; oder wenn mich ein Fotograf dabei ablichten will, wie ich Klavier spiele oder ein Schnitzel esse.

– Selbst vor einem Seminar an der Universität schreckst du nicht zurück!

– Du sagst es. Allerdings hält das Vergnügen, das mir solche Abwechslungen verschaffen, nicht lange vor. Sobald der Journalist mich verlassen hat, sobald das Seminar zu Ende ist – und gelegentlich sogar noch früher –, überfällt mich Reue. Dann verstehe ich nicht mehr, wie ich mich auf ein solches Spiel habe einlassen können. Und ich gebe mir das feierliche Versprechen, es nie wieder zu tun. Ich kenne kein besseres Mittel, meine Einsamkeit schätzen zu lernen, als sie aufzugeben.

Nina saß in ihrem Stuhl zurückgelehnt, die Hände im Nacken verschränkt, ein halb versonnenes, halb schalkhaftes Lächeln im Gesicht. Sie nickte vor sich hin, als sage Tilman Dinge, die sie nicht anders erwartet habe, ja die sie auch selbst hätte sagen können.

– Deine Begründungen werden interessanter. Jetzt aber weiter, ich bin gespannt, ob du noch mehr zu bieten hast.

– Lass es mich versuchen. Der Rummel, der um mich veranstaltet wird, mag scheußlich sein; aber zugleich beschert er mir auch etwas, auf das ich großen Wert lege, etwas, das ich ohne ihn niemals haben könnte – nämlich eine Aufgabe. Wie soll ich's dir erklären? Wenn ich mich in den Rummel stürze, habe ich das Gefühl, vor dem Leben nicht zu kneifen. Als Tilman der Riese gehe ich einer Arbeit nach, verdiene ich Geld für mich und die Meinen, zahle ich Steuern ans Finanzamt … Ich leiste den Menschen einen Dienst – und sei es auch einen absurden. Ich stehe meinen Mann – und sei es auch als Jahrmarktfigur.

Weißt du, es gab Zeiten, in denen ich der Meinung war, dass ich niemandem auf der Welt mehr etwas geben könne. Wenn ich am Morgen aufwachte, war mein erster Gedanke, dass es nirgendwo einen Platz für mich gäbe, dass ich alle meine Karten bereits ausgespielt hätte. Ich machte mich darauf gefasst, für immer ein Leben auf kleinster Flamme zu führen … Als Riese darf ich mich der Illusion hingeben, dass diese Befürchtungen verfrüht waren. Wider Erwarten gibt es doch noch etwas für mich zu tun. Ich habe eine Rolle gefunden, in der das Publikum mich sehen möchte. Als größter Mann der Welt mache ich eine ordentliche Figur – die Kritiken in den Zeitungen lesen sich nicht schlecht.

Es mag sein, dass diese Rolle nicht gerade die erhebendste ist. Aber ich stelle mir die Frage, wie viele erhebende es denn eigentlich gibt? Nicht allzu viele, scheint's. Die Menschliche Komödie ist ein ziemlich triviales Stück. Wenn man in ihr mitspielen will, bleibt einem nichts anderes übrig, als sich in Bescheidenheit zu üben. Wer allzu viel Ehrgeiz entwickelt, läuft Gefahr, nicht zum Zuge zu kommen.

– Du willst sagen, dass es besser ist, eine Rolle wie die deine zu spielen, als überhaupt nicht auf der Bühne zu stehen?

– In unguten Stunden denke ich so.

Tilman wunderte sich über seine Freimütigkeit. Irgendetwas drängte ihn, sich dieser Frau gegenüber, die er vor zwei Stunden noch nicht gekannt hatte, mit völliger Offenheit auszusprechen. Er vertraute ihr Dinge an, die er noch niemandem zuvor preisgegeben hatte. Und all das machte sich von allein, als führe er ein Selbstgespräch; es wäre ihm geradezu künstlich erschienen, wie eine kalte und unwürdige Verstellung, sich Nina gegenüber zurückzuhalten.

– Das war's, sagte er. Mehr kann ich dir nicht bieten. Habe ich die Prüfung bestanden?

– Nun ja. Nicht glänzend zwar, aber ordentlich.

Sie lächelten beide, und Tilman schüttete ihr Wein nach.

– Es gibt übrigens etwas, Nina, das du mir noch erklären musst. Warum bist du in dieses Seminar gegangen? Ich kann nicht recht glauben, dass du »aus Zufall« hineingeraten bist.

– In der Tat. Es gab noch einen weiteren Grund. Das Thema hat mich gereizt.

Er sah sie überrascht an.

– Du meinst »die negative Identifikationskraft des Monströsen«?

– Ich meine dich.

21

Der verzauberte Prinz

Tilman stellte an sich eindeutige Zeichen von Verliebtheit fest. Manche Sätze, die Nina gesagt hatte, huschten von morgens bis abends durch seinen Kopf, störten ihn auf ebenso hartnäckige wie angenehme Weise beim Lesen und Musizieren. Während eines Spaziergangs am Fluss ertappte er sich dabei, wie er die Farbe der Sträucher, die am Wegrand wuchsen, mit dem Grün ihrer Augen verglich, hielt dies für eine reichlich überspannte Übung, die einem romantisch bewegten Sechzehnjährigen besser angestanden hätte, und kam doch sehr auf seine Kosten. Abends im Bett, als er die Lampe bereits gelöscht hatte, ging Nina noch immer redend und lachend im Zimmer umher, und trotz der Dunkelheit war jede Einzelheit ihres Körpers, bis hin zum Blattgrün ihrer Augen, mit wunderbarer Klarheit zu erkennen. Tilman wünschte sich, noch viele Stunden wachzubleiben, und strengte sich an, seine Müdigkeit in Schach zu halten – was sinnlos war, denn als er endlich einschlief, fand Nina sogleich den Weg in seine Träume.

Manchmal dachte er über die Frage nach, ob es irgendetwas an ihm gebe, das sie als anziehend empfinden, mit dem er sie für sich einnehmen könne; dann wurde er kleinmütig, und das Vergnügen, verliebt zu sein, nahm vorübergehend ab. Nina mochte ihn leiden, gewiss, das hatte er ihr angemerkt, sie empfand Sympathie für ihn, und es musste ja schließlich etwas zu bedeuten haben, dass sie sich im Café so lange und vertraut unterhalten hatten. Aber dass Nina verliebt in ihn sein, dass er jemals mehr für sie werden könne als ein halbwegs seelenverwandter Freund – das war wohl ausgeschlossen. Alles würde im Lauwarmen und Nichts-als-Freundschaftlichen stecken bleiben. Was besaß er denn schon, das er als Trumpf ausspielen, mit dem er eine Frau wie sie beeindrucken konnte – ein so seltenes und anspruchsvolles, zu jedem Anspruch berechtigtes Wesen? Er war ein menschliches Monstrum, schleppte einen fürchterlichen Körper durchs Leben, der sich um keinen Preis lieben ließ. Um diesen gewaltigen Makel auszugleichen, hätte er geradezu eine Überfülle an inneren Vorzügen besitzen müssen – und davon konnte natürlich keine Rede sein. Das bisschen Kultiviertheit, das er sich anerzogen hatte; die gepflegten und durchdachten Manieren, mit denen er sich schmückte; sein Klavierspiel, das über ein beachtliches Laienniveau nicht hinausgelangte: Nein, das war zu wenig, damit ließ sich nichts ausrichten. Es wäre dumm gewesen, auch nur ganz ungefähre Hoffnungen darauf zu gründen. Am wahrscheinlichsten war, dass Nina Mitleid mit ihm hatte und von dem idealistischen Ehrgeiz getrieben war, sich durch seine Größe nicht abschrecken zu lassen; und wer weiß, nebenbei besaß sie vielleicht auch eine gewisse Vorliebe für die Reize des Exotischen.

In manchen Augenblicken verglich er sich mit einem unglücklichen Märchenprinzen, der in einen Frosch verzaubert ist und hofft, dass eine schöne Prinzessin ihm einen Kuss auf die schleimige Haut geben wird. Dabei entging ihm allerdings nicht, dass dieser Vergleich zweifelhaft war, ja, dass er schon beim ersten genaueren Nachdenken in sich zusammenstürzte. Denn selbst wenn Nina sich eines Tages ein Herz fassen und ihn küssen sollte, wäre damit ja überhaupt nichts gewonnen gewesen: Der scheußliche Körper, in dem er gefangen war, konnte nicht verschwinden, der Zauber, der auf ihm lastete, war jeder Erlösung entzogen. Und auch dass er ein Königssohn war, stand ja keineswegs fest. Woher nahm er eigentlich das dreiste Selbstbewusstsein, an diese Möglichkeit zu glauben? Von einem Märchen, in dem eine Prinzessin einen Frosch küsste, der nichts als ein gewöhnlicher Frosch war, hatte er noch nie gehört, und das war wohl kein Zufall.

Einige Tage später besuchte ihn Nina. Es war ein angenehm temperierter Nachmittag mit unglaubwürdig blauem Himmel; sie saßen auf einer Bank vor dem Pavillon und ließen sich von der freundlichen Sonne bescheinen; dazu tranken sie vorzüglichen Tee aus dünnwandigen Meißener Tässchen (Tilmans Drang, jeden Bereich des Lebens zu kultivieren, keine Gelegenheit auszulassen, um nach dem Besseren, Verfeinerten zu streben, erwies sich auch hier als zuverlässig). Die Zeit verging rasch. Sie unterhielten sich in jenem vertraulichen und leichtfüßigen Ton, der ihnen von Anfang zugeflogen war, und wussten nicht, wo sie anfangen und aufhören sollten. Es war, als hätten sie sich in ihrem Leben mit Verspätung getroffen und müssten nun, nachholend und voller Genuss, einen wahren Berg von Dingen bereden, der sich in allzu langer Zeit aufgehäuft hatte. Tilman stellte fest und war erleichtert darüber, dass Nina ihn weder für einen glitschigen Frosch hielt, den zu berühren der Gipfel des Widerlichen war, noch für einen verzauberten Prinzen, der voller Ungeduld darauf wartete, erlöst zu werden; vielmehr schien er ihr gerade so zu gefallen, wie er war und nicht anders sein konnte.

Als die Dämmerung einsetzte, zogen sie sich in den Pavillon zurück. Tilman spielte ihr auf dem Stutzflügel vor, einen Walzer von Chopin, der nicht allzu schwierig war, aber ein paar Stellen besaß, die imposant wirkten. Vor einigen Monaten hätte er ihn noch flüssiger spielen können – jetzt markierte er die Grenze, die das Klavier seinen wachsenden Händen setzte. Nina lauschte mit gespannter Aufmerksamkeit. Mal nickte sie befriedigt lächelnd vor sich hin, mal verzog sie die Brauen zu einem Ausdruck von leichter Missbilligung; und immer hielt sie ihren Blick auf einen Punkt im Nirgendwo gerichtet, prüfend und eindringlich, als könne sie die Musik nicht nur hören, sondern auch sehen. Als er geendet hatte (noch beim letzten Akkord, der heikel war, vermied er nur mit knapper Not einen Fehler), legte sie ihm die Hand auf die Schulter und sagte mit süffisant gespitzten Lippen:

– Mein Lieber, du gehörst zu den Pianisten, deren Stärke nicht in der Vollkommenheit der Technik, sondern in der Intensität des Ausdrucks liegt.

Tilmans Gesicht spannte sich, und es dauerte einige Sekunden, bis er den Anflug eines Lächelns zustandebrachte.

– Ich erhebe keinen Anspruch auf Virtuosentum, sagte er. Meine Technik ist nicht die beste, das weiß ich selbst. Vielleicht würde ich weniger holprig spielen, wenn ich einen Klavierbauer fände, der mir ein Instrument auf Maß fertigt.

Sie begriff sofort. Mit schuldbewusstem Ausdruck drückte sie die Lippen zusammen, brachte ein »Hm« hervor, das kaum zu hören war, und streichelte ihm mit den Fingerspitzen übers Haar. Dies war ihre Art, einen misslungenen Sarkasmus zurückzunehmen.

Es gelang Tilman, sie mit seiner Bibliothek zu beeindrucken. Im Laufe der Jahre hatte er eine respektable Menge an Büchern zusammengetragen, die im Pavillon kaum noch Platz fanden: Sie verbreiteten sich wildwüchsig über sämtliche Regale und Fensterbänke und verschmähten hier und dort selbst den Fußboden nicht. Nina verbrachte eine Viertelstunde damit, an ihrer Teetasse nippend und den Kopf hin- und herwendend, die Rücken der Bücher zu studieren. Das eine oder andere zog sie heraus und gab Kommentare ab, die sich zwischen freundlich und vernichtend bewegten. Schließlich fragte sie ihn, ob er es als altmodisch empfinde, wenn sie ihm etwas vorlese? Als er Nein sagte, griff sie sich vom Fußboden eine Sammlung deutscher Lyrik, fand nach kurzem Blättern ein Gedicht, das ihr gefiel, und las es ihm, zum ersten Mal an diesem Tage auf jedes ironische Einsprengsel verzichtend, schön und mit Ausdruck vor. Er nickte ihr zu, und ohne dass es eines Wortes bedurfte, war zwischen ihnen beschlossen, dass Nina ihm künftig bei jedem Zusammensein etwas vorlesen würde.

Anschließend studierte sie seine Notensammlung, und mit einer gewissen Verspätung teilte sie ihm mit, dass auch sie Musikerin sei. Sie spielte Geige, und nicht ohne Ehrgeiz; bereits als Zwölfjährige hatte sie dem »Städtischen Kammerorchester Weilingen« angehört, was sie allerdings nicht für eine Auszeichnung hielt: »Zum überwiegenden Teil erklärt es sich daraus, dass in Weilingen fast niemand Geige spielt.« Inzwischen hatte sie es bis zur Konzertmeisterin des Heidelberger Universitätsorchesters gebracht – »wobei ich keineswegs behaupten möchte, dass es sich um einen Aufstieg handelt«. Sie bot an, ihm für das nächste Konzert in Heidelberg eine Freikarte zu besorgen, doch er winkte ab; schon seit Jahren ging er nicht mehr in Konzerte, denn die Vorstellung, mit seinem kolossalen Rücken denen, die hinter ihm saßen, die Sicht zu versperren, schreckte ihn ab. Einige Tage darauf, bei ihrem nächsten Besuch, brachte Nina »als kleine Belohnung für vorbildliche Rücksichtnahme« ihre Geige mit und spielte ihm Solostücke vor.

Sie erwähnten Tilmans Größe kaum je mit einem Wort. Es war stillschweigend zwischen ihnen ausgemacht, diesem Punkt keine Bedeutung beizumessen, ihn für eine Banalität zu halten, die Leuten wie ihnen, die sich bevorzugt in geistigen Sphären bewegten, nicht einmal ein Schulterzucken wert war. Manchmal, etwa wenn Nina mit einer gewissen Mühe auf den hohen Gästestuhl kletterte oder sich auf die Zehenspitzen stellen musste, um ihre Jacke an Tilmans Garderobenständer zu hängen, huschte ein leichtes Lächeln über ihr Gesicht, doch mehr erlaubte sie sich nicht. »Wir reden ja schließlich auch nicht darüber, dass ich normal groß bin«, sagte sie einmal, und das leuchtete ihm ein.

Ab und an machten sie Spaziergänge durch das Städtchen. Wenn ihnen Touristen über den Weg liefen, die sogleich emsig zu ihren Kameras griffen, konnte Nina in Rage geraten – sie schüttelte wütend den Kopf und fuchtelte mit den Händen, als habe sie ungezogene Kinder vor sich, und wenn sie in kämpferischer Laune war, stürmte sie sogar auf die Betreffenden zu und warf ihnen mit ihrer hohen Stimme Ausdrücke ins Gesicht, die Tilman überraschten. Er erklärte ihr beschwichtigend, dass viele der Touristen eigens um seinetwillen die Reise nach Nagoldshausen auf sich nähmen; dass sie nun einmal nicht die Fähigkeit besäßen, zwischen dem Wesentlichen und dem Unwesentlichen zu unterscheiden; und dass dies ein Mangel sei, für den sie eher Mitleid verdienten als Beschimpfungen. »Weißt du, die Armen sind es nicht wert, dass man sich die Mühe der Empörung macht.« Das leuchtete *ihr* ein, und so wurde sie gelassener.

Einige Wochen vergingen, bis sie sich zum ersten Mal küssten. Als es geschah, hatte weder er noch sie das Gefühl, dass es sich um etwas handelte, ohne das sie nicht auskommen konnten. Es machte sich fast beiläufig, unterschied sich nicht sehr von einem zärtlichen Blick oder einem liebevollen Satz. So blieb es immer: Die seelische Nähe, die sie in jedem einzelnen Augenblick spürten, war das Wunderbare und Geheimnisvolle, auf dem alles ruhte; und es gab nichts Körperliches, das ihr etwas hinzufügen konnte. Sie übertrugen die Distanz, jenen ironischen, die Gefühle verhüllenden Ton, der in ihren Gesprächen herrschte, auf die Zone des Körperlichen; und hier wie dort waren sie sich bewusst, dass es eine feine Linie gab, die sie nicht überschreiten durften, ohne in Verlegenheiten zu geraten.

Vierter Teil

22

Delirium

Tilman faszinierte Deutschland. Bis in die abgelegensten Winkel hinein war sein staunenerregendes Schicksal bekannt, und Groß und Klein, Jung und Alt, Dumm und Klug verfolgten gebannt sein Wachstum, das nicht endete. In regelmäßigen Abständen vermeldeten die Boulevardblätter seine aktuelle Größe, und jeder Zentimeter, um den er wuchs, taugte als fesselnde Nachricht, steigerte den Reiz und das Mysterium, die ihn umgaben. Tilman hatte den Rang einer nationalen Einrichtung erlangt; er gehörte jedermann wie ein öffentlicher Platz oder ein vaterländisches Denkmal. Die Zeitungsartikel und Fernsehsendungen über ihn waren unzählbar geworden, mit Leichtigkeit schlug er jeden Showmaster und Fußballspieler und Modeschöpfer aus dem Feld. Man bestaunte ihn als ein Wunder, das den Sprung in die Wirklichkeit vollbracht hatte und doch die Welt des Traumartigen und Märchenhaften nie verlassen würde.

Ein farbenprächtiger Bildband mit dem Titel ›Unser Tilman – die schönsten Fotos und besten Geschichten‹ wurde zum Buch des Jahres. Der Autor hatte mithilfe einer nicht unerheblichen Geldsumme Tilmans Vater dazu überreden können, ihm Fotoalben mit Bildern aus dem Wölzinger'schen Familienleben zu überlassen. So konnte die Nation ihren Helden endlich als neugeborenen Säugling in den Armen seiner glücklichen Mutter, als ABC-Schützen in kurzen Hosen und mit reich gefüllter Schultüte sowie noch auf zahlreichen sonstigen Fotos der frühen Jahre betrachten. Franzi (die inzwischen zu einer gestandenen Frau geworden war und als Verkäuferin in einem Nagoldshausener Schuhgeschäft arbeitete) gab in einem Interview (»Ich war die Freundin des Riesen«) in freimütigem Ton Anekdoten zum Besten und steuerte als Draufgabe einige Schnappschüsse »aus ihrer privaten Fotosammlung« bei. Das Werk verkaufte sich mehr als glänzend, in behendem Tempo folgte eine Auflage der anderen. In manchen Bevölkerungsschichten galt es als eine Selbstverständlichkeit, den Band zu besitzen, er avancierte zum Hausbuch der ungebildeten Stände.

Eine Plastikpuppe wurde auf den Markt geworfen, die ungewöhnlich groß war, leidliche Ähnlichkeit mit Tilman besaß und sich als Scherzartikel sowohl bei Kindern als auch bei Erwachsenen großer Beliebtheit erfreute. Ähnliche Artikel folgten: ein »Tilman-Kugelschreiber«, der so lang wie ein Spazierstock war und sich zum Schreiben nur wenig eignete; eine Henkeltasse mit der Aufschrift »Ich habe sooo großen Durst«, die in ihren Abmessungen an einen Eimer erinnerte; auch Aschenbecher, Radiergummis, Taschenmesser, Flaschenöffner, Waschlappen und sonstige Gegenstände des täglichen Gebrauchs wurden in deutlich vergrößertem Maßstab hergestellt und mit dem Schriftzug »Tilman« versehen – was in gewissem Sinne schon überflüssig wirkte, denn Tilman hatte sich so sehr zum Inbegriff alles Großen, über die gewöhnlichen Maße Hinausschießenden entwickelt, dass jeder Verständige in Dingen, die durch ihre lustig übertriebene Größe auffielen, auch ohne erklärende Hinweise eine Anspielung auf den deutschen Helden erkennen konnte.

Tilman wurden Angebote der verschiedensten Art unterbreitet: Er sollte Einkaufspassagen und Freizeitparks und Tennishallen eröffnen; sollte in einer Fernsehshow am Samstagabend ein Klavierstück seiner Wahl, jedoch nichts allzu Anspruchsvolles, am besten einen bekannten Schlager vorspielen; sollte auf dem Nürnberger Christkindlmarkt, verkleidet als Riesen-Weihnachtsmann, das größte Lebkuchenherz der Welt anschneiden; sollte bei einer Partie der amerikanischen Basketball-Liga in San Francisco zehn Minuten lang mitspielen und einen symbolischen Treffer erzielen; sollte in New York auf dem Dach des Empire State Building ein Interview vor Fernsehteams aus aller Welt geben (»The Tallest Man on the Highest Building«). Tilman war, obwohl er die meisten Angebote aus geschmacklichen oder sonstigen

Gründen ablehnte, ein vielbeschäftigter und gut verdienender Mann.

Unbekannte aus vielen Ländern sandten Briefe nach Nagoldshausen. Ältere Damen gratulierten Tilman in feiner zittriger Schrift zu seinem Lebensmut, den er sich, trotz so vieler Widrigkeiten, in vorbildlicher Weise erhalten habe, und wünschten ihm noch viele glückliche Jahre bei guter Gesundheit. Jüngere Frauen eröffneten ihm teils in schamhaften Anspielungen, teils mit unbekümmerter Drastik ihre Liebe; manche sandten ihm Fotografien zu, auf denen sie schüchtern oder schmachtend lächelten, andere legten ihren Briefen Locken bei, die sie sich von ihrem Haupthaar abgeschnitten hatten, und baten um Gegengaben.

Eine berühmte französische Fotografin, die, wie die Boulevardpresse ihren Lesern erläuterte, »schon alle wichtigen Menschen unserer Zeit fotografiert hat – Präsidenten, Popstars, Päpste«, schuf von Tilman eine Fotoserie mit dem Titel ›Le Géant Allemand‹. Sie fand den nachdrücklichen Beifall der Kenner, wurde in angesehenen Kunstmagazinen veröffentlicht und zog als Wanderausstellung durch verschiedene Museen internationaler Metropolen.

Ein italienischer Bildhauer gestaltete eine siebzehn Meter hohe Statue, die teils aus Blechteilen von Autowracks, teils aus Holzabfällen eines Sägewerks zusammengefügt war und Tilman darstellte. Sie wurde von der Kunstwelt als neuer Höhepunkt seines Schaffens gewürdigt und fand im römischen »Museo dell' Arte Moderna« ihren dauerhaften und ehrenvollen Aufstellungsort.

Auch in Madame Tussauds Wachsfigurenkabinett hielt Tilman Einzug: Als lebensechte Puppe wurde er zwischen Boris Becker, Günter Grass und anderen bedeutenden Vertretern seines Landes aufgestellt. In der langen Geschichte des Kabinetts war Tilmans Figur die erste, die alle sechs Monate, um die Ähnlichkeit mit dem lebenden Original zu wahren, um einige Zentimeter verlängert wurde.

23

Ins Offene

Tilmans Mutter gab ihre Arbeit in der Fleischerei auf. Zwar fühlte sie sich hinter der Wursttheke inzwischen durchaus wohl; doch da die finanziellen Verhältnisse der Familie sich von Grund auf gebessert hatten und die Wölzingers auch gesellschaftlich aufgestiegen, dank der Berühmtheit ihres Sohnes in den Kreis der Nagoldshausener Notabeln eingerückt waren, hatte die Mutter es nicht mehr nötig, ja durfte es sich nicht einmal mehr erlauben, als einfache Metzgersgehilfin zu arbeiten. Auch ihr Asthma war in erfreulicher Weise zurückgegangen, näherte sich wieder jener flüchtigen und gut erträglichen Atemnot, aus der es sich vor Jahren entwickelt hatte und über die alle nur lächeln konnten.

Der Vater lebte zufrieden und stolz vor sich hin. Wenn er einen Spaziergang durch das Städtchen machte, trug er den Kopf hoch erhoben und wärmte sich an jedem noch so zufälligen und gleichgültigen Blick, den ein Passant ihm zuwarf. Wenn er einem Mitglied des Gemeinderats oder sonst einer herausgehobenen Persönlichkeit der Stadt begegnete, grüßte er ihn in dem wohligen Gefühl der Ebenbürtigkeit, wenn nicht gar des Überlegenseins. Noch immer sammelte er sämtliche Zeitungsartikel über Tilman; seine Mappen waren im Laufe der Zeit stark angeschwollen und füllten bereits etliche Regale. Die Gewohnheit, jeden Artikel an die Wand zu hängen, hatte er freilich aufgegeben – »wir können ja nicht das ganze Haus damit tapezieren«, wie er verschmitzt zu sagen pflegte. Lediglich einige Prachtstücke, die aus dem Einerlei herausragten, fanden noch ihren Weg an die Wände, ja wurden nun sogar, wie es dem gewachsenen Wohlstand entsprach, in Wechselrahmen der gehobenen Sorte eingespannt.

Klaus-Dieter hatte seine Gefängnisstrafe abgesessen und war ins Haus der Schwiegereltern eingezogen. Mit seiner Frau und der kleinen Jennifer bewohnte er zwei Zimmer im ersten Stock, was alle Beteiligten als einen prekären, mit vielen Unbequemlichkeiten verbundenen Zustand empfanden, der nicht von Dauer sein konnte. Klaus-Dieter suchte nach einer neuen Arbeit; er strebte in die Versicherungsbranche zurück, die nun einmal, wie er erklärte, dasjenige Metier sei, das ihm am meisten liege, für das er ein besonderes Talent besitze. Regelmäßig lieh er sich das Auto seines Schwiegervaters aus, um in verschiedene Städte Schwabens zu fahren und Bewerbungsgespräche zu führen. Auch sonst war er sehr geschäftig: Er traf sich mit seinen alten Freunden zu einem Glas Bier, hatte immerzu irgendwelche Gänge und Besorgungen zu erledigen, ohne dass die anderen Familienmitglieder gewusst hätten, worum es sich handelte, verbrachte die meiste Zeit des Tages außer Haus und blieb nicht selten auch über Nacht fort.

Simone litt weiter an einem Zustand dumpfer Antriebslosigkeit, gegen den kein Kraut gewachsen war. Jennifer war ein aufgewecktes Kind, das alle möglichen Launen an den Tag legte und ihrer Mutter viel Mühe bereitete; wenn sie am Abend endlich eingeschlafen war, schaltete Simone mit einem Stöhnen der Erleichterung den Fernseher ein und nahm größere Mengen an Schokolade zu sich. Was sie allenfalls an Energien aufzubringen vermochte, äußerte sich in einem Hang zum Nörgeln und grundlosen Beleidigtsein, der früher nicht an ihr aufgefallen war. Zumal mit dem Vater kam es jetzt öfter zu Reibereien: Sie störte sich an dem bitteren Geruch seiner Zigarillos, verlangte von ihm ein drittes Zimmer, um endlich komfortabel wohnen zu können, protestierte gegen die Bierkästen, die er im Hausflur aufstapelte, und fand noch vieles Weitere, worum sie mit ihm streiten konnte. Die Lage besserte sich erst, als Tilman eines Tages erklärte, er werde für Simone und die Ihren um des lieben Friedens willen eine Wohnung mieten. Alle waren erleichtert und dankbar; Simone erlitt einen kleinen Tränenanfall, und Klaus-Dieter schüttelte Tilman lange die Hand, wobei er ihm mit dem seriösen und vertrauenerweckenden Ausdruck des Versicherungsvertreters in die Augen blickte.

Tilman war glücklich. Immer wieder empfand er ein Gefühl der Verwunderung, der erstaunten, ihrer selbst nicht gewissen Seligkeit, dass es ein Wesen wie Nina auf der Welt gab und dass ihm – ihm! – das Glück zuteilgeworden war, sie zu treffen. Er liebte die Tonart ihrer Seele. Jedes Zusammensein schien ihm unerschöpflich, brachte neue und schöne Gemeinsamkeiten zutage, von denen sie nichts geahnt hatten und die doch wie etwas waren, das nicht anders sein konnte – irgendeine kleine Vorliebe oder Abneigung, die sie miteinander teilten, ein Film, den sie beide schätzten, ein Buch, zu dem ihnen die gleichen spöttischen Bemerkungen einfielen, ein Gedanke, den der eine aussprach und dem der andere etwas hinzuzufügen wusste, das ihn noch runder und richtiger machte. Selbst die Wiederholungen besaßen den Reiz des Neuen: So hatte Nina ein eigentümliches Lächeln, hintersinnig und koboldhaft, das sie mehr mit den Augen, einem Klimpern der Lider als mit den Lippen hervorbrachte; wann immer Tilman es sah, kam es ihm so vertraut vor, als habe er es schon immer an ihr gekannt, und schien ihm doch einzigartig, wie eine schöne Eingebung des niemals wiederkehrenden Augenblicks. Manchmal musizierten sie gemeinsam, führten »Gespräche in Tönen«, wie Nina es nannte, in denen sie sich noch tiefer und vertraulicher austauschten als mit Worten.

Gelegentlich träumte Tilman davon, den Pavillon aufzugeben und sich ein Haus in der Stadt bauen zu lassen. Seit Nina ihn regelmäßig besuchte, war die kleine Behausung recht eng geworden; als guter Gastgeber wollte er es ihr ersparen, die kostbaren Stunden ihres Zusammenseins in einer unkomfortablen Hütte zuzubringen. Und warum sollte er sich nicht auch selbst, ein einziges Mal in seinem Leben, etwas Außerordentliches und Luxuriöses leisten, die Grenzen der kleinbürgerlichen Bescheidenheit, die ihm von Geburt an gezogen waren, mit Lust überschreiten? Doch solche Anwandlungen sackten, kaum dass sie sich bemerkbar gemacht hatten, immer gleich wieder in sich zusammen. Schon der Gedanke, dass ein »richtiges Haus«, das auf seine Maße zugeschnitten wäre, sich noch surrealer als sein Pavillon, wie eine ins Gigantische gewendete Puppenstube hätte ausnehmen müssen, ließ ihn zurückschrecken. Auch stellte er sich die Frage, was aus einem solchen Riesenspielzeug hätte werden sollen, wenn er einmal gestorben wäre? Da es niemanden auf der Welt gab, der groß genug war, um es zu bewohnen, wäre nichts übrig geblieben, als es abzureißen; und eine solche Verschwendung überstieg, so schien ihm, dann doch das Maß dessen, was selbst ein reich gewordener Kleinbürger sich anständigerweise leisten durfte.

Es gab einen einzigen Luxus, der ihm am Herzen lag und auf den er, trotz aller Bescheidenheit, nicht verzichten wollte: Er ließ sich im Pavillon eine Bibliothek aus Kirschholz und mit verglasten Türen zimmern, um seine Büchersammlung würdig, in bildungsbürgerlichem Stil unterzubringen. Dieser Ausflug ins Kostspielige tat ihm wohl, denn er betrachtete seine Bücher als die größten

Schätze, die er besaß, und er hielt es für ein Gebot der Kultur und des guten Geschmacks, sie in den Rahmen einzufügen, den sie verdienten.

Was wäre sein Leben ohne Bücher gewesen? Wenn er las, trat er jene Fahrten ins Weite und Aufregende an, die ihm in der Wirklichkeit versagt blieben. Er war ja kaum je aus der provinziellen Windstille des Städtchens hinausgekommen; nur für wenige Jahre hatte er sein Elternhaus verlassen, war schon bald wieder in die alte Beschränktheit zurückgekehrt; und selbst heute, da er längst auf eigenen Füßen stand, mochte er das Refugium des elterlichen Gartens noch immer nicht verlassen. Er gehörte zu denen, die stets daheim geblieben waren – und doch hatte er das Gefühl, weit herumgekommen zu sein. Die inneren Ausfahrten waren die reicheren. Sie führten zu Horizonten, die größere Entdeckungen verhießen, und man kehrte beladener von ihnen zurück. Darin lag ein ironischer Zug, den er genießen konnte: Körperlich lebte er auf einer winzigen Insel, geistig durchquerte er die Welt.

Oft stand er vor der Bibliothek und versenkte sich in den Anblick seiner Lieblinge. Der Gedanke faszinierte ihn, dass Bücher zwar ein handgreiflicher Besitz waren, dass sie sich getrost nach Hause tragen ließen, zugleich aber über die Sphäre des Materiellen hinausragten, nur mit ihrem kleinsten und unbedeutendsten Teil dem Gegenständlichen verhaftet waren. Die Gedanken und Geschichten, die sie bargen, verknüpften sie mit tausend anderen Zonen. In einem winzigen Punkt im Raum, einer schlichten Holzhütte in der schwäbischen Provinz, liefen Fäden aus der ganzen Welt zusammen. Viele Zeiten und Orte drängten sich im Hier und Jetzt. So wuchs sein bescheidener Pavillon ins Ungemessene. Der Raum, hier wurde er zur Zeit, die Zeit, hier wurde sie zum Raum.

Der Garten um den Pavillon befand sich in verwildertem Zustand; die Eltern hatten ihn nie genutzt, weder Vater noch Mutter besaßen Sinn dafür. Tilman begann ihm seine Aufmerksamkeit zuzuwenden, wunderte sich geradezu, dass er ihn bisher so wenig ausgekostet, sich eine der Freundlichkeiten des Lebens, die vor seiner Schwelle auf ihn warteten, hatte entgehen lassen. Er begrünte die Ziegelmauer, die den Garten umfriedete, mit wildem Wein und ließ Kletterrosen an den Wänden des Pavillons emporwachsen. Auch legte er neue Beete an und bepflanzte sie mit einer großen Zahl verschiedenartiger Blumen, die er so auswählte, dass sie einander im Blühen ablösten: Die voranschreitende Zeit sollte ihm immer neue Farben in sein kleines Reich tragen; vom ersten Vibrieren des Frühlings bis der Herbst sich davonmachte, sollte kein Tag ohne Blüten sein.

Tilman liebte die schönen deutschen Namen, die manche Blumen trugen: der Milchstern, das Mädchen-Schönauge, die Pantoffelblume, der Blauregen, die Brennende Liebe. Oft sprach er sich, wenn er zwischen seinen Beeten herumging, diesen und jenen Namen mit halblauter Stimme vor, wie er auch eine geliebte Zeile aus einem Gedicht hätte rezitieren können. Ja, er ertappte sich, wie er einige Blumen, die er als reizlos oder sogar unschön empfand, nur deshalb anpflanzte, weil sie Namen trugen, die seinem Sprachgefühl Freude machten.

Einmal unternahmen Nina und er einen Spaziergang draußen vor der Stadt. Sie brachen schon in aller Frühe, mit der ersten Dämmerung auf; denn neuerdings lungerten vor dem Wölzinger'schen Hause Fotografen herum, Gestalten ohne beschreibbare Gesichter und mit bulligen Kameras, die, wenn Tilman einen Fuß vor die Tür setzte, sogleich aus verschiedenen Blickwinkeln und Entfernungen Bild um Bild von ihm schossen. Sie trugen keine Scheu, sich an Tilmans Fersen zu heften, folgten ihm geduldig und mit ungerührter Unverschämtheit auf jedem seiner Wege, ähnlich wie observierende Detektive, nur dass sie keinerlei Mühe aufwandten, ihr Tun zu bemänteln. Um ihnen ein Schnippchen zu schlagen, nahmen Nina und Tilman es auf sich, schon im Morgengrauen das Bett zu verlassen, denn um diese frühe Stunde hatten selbst die Eifrigsten unter den Unholden ihren Warteposten noch nicht bezogen.

Die beiden mussten nur ein paar Sträßchen hinter sich lassen, schon wurden die Häuser seltener, und Nagoldshausen mündete ins Ländliche. Kornfelder dehnten sich in sanften Hebungen und Senkungen aus. Weißgraue Schwaden aus Nebel, in denen ungewiss das Licht der Frühe spielte, trieben über die Ähren. Letzte Sterne, die noch hier und dort am zarttonigen Himmel standen, setzten sich mit ihren schwindenden Kräften gegen die Helle zur Wehr. Tilman und Nina genossen die Stille der frühen Stunde, in die sich nur manchmal das Gezwitscher eines Vogels drängte, ließen ihre Blicke durch die blassfarbige Landschaft schweifen, sogen sich mit schönen und tröstlichen Eindrücken voll.

Tilman dachte in letzter Zeit öfter in resümierender Weise über sein Leben nach, über die seltsamen und mehrdeutigen Wendungen, die es genommen hatte, und auch jetzt konnte er nicht dagegen an, sich ein paar grüblerische Gedanken zu machen.

– Stört es dich, wenn ich ausnahmsweise über meine Größe spreche?, fragte er.

– Es kommt darauf an, was du zu sagen hast. Handelt es sich um etwas Interessantes?

– Du wirst schon sehen. Unterbrich mich, wenn ich dein Niveau unterschreite ... Ich stelle mir die Frage, ob mein beträchtliches Wachstum, alles in allem genommen, mehr ein Fluch oder ein Segen für mich war. Natürlich, auf den ersten Blick ein Fluch; als Riese durchs Leben zu gehen, würden die meisten Menschen wohl als recht unangenehm empfinden. Aber bei näherem Hinsehen entdecke ich auch ein paar Vorteile. Wenn ich nicht gewachsen wäre, hätte ich mich nicht gesteigert. Ich wäre nie auf den Gedanken gekommen, mich als etwas Unfertiges zu betrachten, an dem ich arbeiten muss; ich hätte nicht verstanden, dass sich aus mir etwas formen lässt, das der Mühe wert ist.

– Bisher bin ich mit deinen Ausführungen recht zufrieden.

– Das Wachstum hat mich gezwungen, mir selbst größere Aufmerksamkeit zuzuwenden. Die meisten Dinge, mit denen andere sich beschäftigen, sind mir zu meinem Leidwesen abhanden gekommen. Ich sah mich einer Leere gegenüber, die ich, wenn ich nicht verkümmern wollte, füllen musste. Und da kam mir der Einfall, sie mit mir selbst zu füllen! Meine Willenskraft, meine seelischen Energien brauchten, wenn sie nicht verkümmern sollten, irgendeinen Gegenstand, an dem sie sich betätigen konnten – und so bekamen sie mich. Ich habe meine Existenz von außen nach innen verlegt.

– Das klingt nicht schlecht. Bitte weiter.

– Wenn man genötigt ist, ein Leben am Rande zu führen, ein Leben ohne bürgerliche Ziele und Ambitionen, gewinnt man Muße, sich seinem inneren Menschen zu widmen. Man kann zum Beispiel darangehen, dem eigenen Charakter eine erträgliche Form zu geben, seinen Geist auf ein mehr oder weniger passables Niveau zu heben …

Tilman wurde befangen, und eine leichte Röte glitt über sein Gesicht. Aber Nina warf ihm ein Lächeln zu, das »Nur weiter, mein Lieber! Bei mir darfst du unbescheiden sein« bedeutete. Und so streifte er seine Verlegenheit wieder ab.

– Weißt du, wenn nicht irgendeine obskure Drüse in meinem Körper den Entschluss gefasst hätte, verrücktzuspielen, wäre ich vermutlich ein sehr normaler Mensch geblieben. Ich hätte den größten Teil meines Daseins auf Dächern gearbeitet, hätte Schwäbisch bis zur Unverständlichkeit gesprochen, mit unbekümmertem Schmatzen

Maultaschen gegessen und mich auch sonst als ein echter Wölzinger, das nächste Glied in der Kette erwiesen.

Nina stieß in gespieltem Schrecken die Luft aus.

– Mein Lieber! Ich schaudere bei der Vorstellung, was aus dir geworden wäre, wenn jene Drüse anstandslos ihren Dienst getan hätte.

– Nun, du schauderst zu Recht. Wahrscheinlich wäre ich sogar zu einem Leser des Berliner Express geworden. Dann hätte ich mich, ohne Scham zu empfinden, an jener Sorte von Attraktionen geweidet, wie ich heute selbst eine darstelle.

Nina presste mit einem Ausdruck des Widerwillens die Hände gegen die Schläfen.

– Wir wollen hoffen, dass es *so* schlimm nicht gekommen wäre.

– Oh, doch. Das Material Tilman Wölzinger hätte sich auch dafür geeignet. Und weißt du, was sogar noch schrecklicher gewesen wäre?

– Sag es mir …

– *Dich* hätte ich niemals kennengelernt. Denn als ein Dachdecker, der sich normaler körperlicher Maße erfreut, wäre ich wohl nie in die Universität eingeladen worden.

– Oh, nein …

– Und selbst wenn ich dich kennengelernt hätte, was wäre damit gewonnen gewesen? Nicht viel, fürchte ich. Du bist ja ein ziemlich wählerisches Wesen; und für einen einfachen Mann aus dem Volk hättest du wohl nichts übrig gehabt.

– Das mag sein. Aber hättest du als einfacher Mann aus dem Volk unter meinem Desinteresse sehr gelitten?

Frühe Schmetterlinge waren unterwegs. In taumelndem Flug segelten sie über die Felder hin, farbige Flecken in einer weißen Welt. Manche ließen sich, als trieben sie ein vergnügliches Spiel, in die Nebelschleier sinken, die sie verschluckten, nicht mehr preiszugeben schienen – plötzlich tauchten sie wieder empor wie fliegende Fische aus einem hell schimmernden Meer.

– Manchmal frage ich mich, fuhr Tilman fort, ob die paar Steigerungen, die ich in meinem Leben zustandegebracht habe, nicht mit einem Makel behaftet sind. Mein Streben nach Höhe, nach einem halbwegs reichen Innenleben, ist ja aus einer Not heraus geboren. Es trägt den Stempel des Unfreiwilligen, des Angestrengten; und das ist ein Schönheitsfehler. Es klebt mir an, dass ich alles, was mir jemals gelungen ist, meinem leidenden Körper verdanke. Ich bin ein Emporkömmling des Unglücks.

– Schon gut!

Ein kleines Lächeln stieg Nina auf die Lippen, und sie nahm seine Hand.

– Du machst es dir zu schwer. Mal lobst du diese Drüse in deinem Innern, weil sie dich gesteigert hat – dann wieder ist es dir nicht recht, dass du deine Steigerung einer Drüse verdankst. In Wahrheit, mein Lieber, ist doch nichts so unwichtig und lächerlich wie deine Krankheit. Wenn du dich gesteigert hast, so verdankst du es allein dir selbst. Du bist ein freier Mensch und hast dich zu dem gemacht, was du bist.

Tilman schüttelte den Kopf.

– Ach, ein kranker Mensch ist niemals frei. Was könnte einen unfreier machen, als von den Launen einer Drüse abzuhängen?

– Schon richtig: Zunächst hat die Krankheit dich unfrei gemacht. Aber dann geschah etwas, das viel wichtiger war: Du hast dich selbst in die Hand genommen. Aus freien Stücken hast du die Entscheidung getroffen, vor deinem Körper nicht zu kapitulieren. Die dubiose Drüse durfte nicht das letzte Wort haben – das wäre dann doch zu viel der Ehre für sie gewesen. Deine Krankheit konntest du nicht ändern, also hast du den Weg gewählt, aus dir selbst einen anderen zu machen. Du hast beschlossen, Maultaschen auf gehörige Art zu essen und auch sonst ein vorzeigbarer Mensch zu werden. Du warst frei, dich zum Besseren zu entwickeln oder aber der zu bleiben, der du warst; und es ehrt dich, dass du wusstest, was du zu tun hattest.

Vom Städtchen her drang ein leises Rumoren zu ihnen. Die ersten Nagoldshausener waren auf den Beinen und konnten es nicht lassen, sich mit Geräuschen bemerkbar zu machen. Der Morgen schritt voran und verlor seine beschützende Kraft; nicht mehr lange, und es würde an der Zeit sein, den Rückweg anzutreten. Die letzten Sterne waren verschwunden; sie hatten sich in die Unsichtbarkeit zurückgezogen, als suchten sie Zuflucht nicht nur vor dem Licht der Sonne, sondern auch vor den erwachenden Menschen.

24

Der deutsche Saurier

Mit Tilmans Gesundheit ging es bergab. Die Beschwerden in seinen Gelenken machten ihm immer stärker zu schaffen – sie als »Schmerzen« zu bezeichnen war nun keine Übertreibung mehr. Es gab Tage, an denen ihm das Gehen zu einer entnervenden Strapaze wurde; dann musste er zwei maßgefertigte Krückstöcke zu Hilfe nehmen, um sich nur halbwegs von der Stelle zu bewegen, scheute selbst vor kürzesten Gängen durch den Pavillon oder in den Garten zurück, verbrachte die meisten Stunden des Tages träge, in einem der Lähmung nicht mehr fernen Zustand auf dem Sofa.

Auch litt er seit einiger Zeit unter einem tauben Gefühl in den Beinen. Es hatte seinen Grund, wie Professor Meier-Schellberger ihn aufklärte, in mangelhafter Durchblutung: Das Herz hielt mit dem Wachstum des

Körpers nicht mehr Schritt, es musste immer schwerere Arbeit leisten und verlor die Fähigkeit, den Organismus bis in seine entfernteren Teile hinein mit Blut zu versorgen. Halbe Tage lang konnten jetzt Tilmans Füße und Unterschenkel gänzlich fühllos werden: Dann war ihm zumute, als endeten seine Beine an den Knien, und beim Stehen und Gehen schien er über dem Boden zu schweben. Wenn er sich die Füße wusch, spürte er nicht mehr, ob das Wasser kalt oder warm war. Einmal ging er auf Strümpfen durch den Pavillon und prallte aus Versehen mit dem Fuß gegen den Esstisch; das solide Möbelstück stieß ein Ächzen aus, rückte sogar um zwei Fingerbreit von der Stelle, doch Tilman empfand nicht den geringsten Schmerz. Seine Füße waren auf rätselhafte Weise narkotisiert, es schien, als gehörten sie nicht mehr seinem Körper an, hätten eigenmächtig den Entschluss gefasst, die Verbindung zu ihm aufzugeben und alles, was ihnen widerfuhr, ohne Klage mit sich selbst abzumachen.

Tilman dachte jetzt oft an den Tod. Die Vorboten des Endes hatten ihre Diskretion aufgegeben, legten ein immer unbefangeneres und plumperes Gebaren an den Tag. Die tröstliche Hoffnung, sein Wachstum werde eines Tages enden und damit auch der Tod in seine Schranken gewiesen, hatte sich verbraucht. Stattdessen nahmen die Dinge den umgekehrten Gang: Sein Wachstum setzte sich fort und fort, und erst der Tod würde es in die Schranken weisen. Den Gedanken an das Ende noch immer von sich fernzuhalten, das Spiel der Leugnung und des listigen Verdrängens weiterzuspielen: Es wäre allzu absurd gewesen, eine nicht mehr würdige Flucht vor dem, was sich mit Händen greifen ließ. Die Entscheidung zwischen Tod und Leben war gefallen.

Er staunte, wie wenig solche Gedanken ihn erschreckten. Der Tod bereitete ihm, nun da er ernstlich in Sicht geriet, sich jeden Tag deutlicher und ungenierter in sein Dasein hineindrängte, keine Furcht. Er blickte ihm mit jenem Stoizismus entgegen, in dem er sich seit vielen Jahren geübt hatte, der zu den unfreiwilligen und wohltuenden Errungenschaften gehörte, die er seinem Kranksein verdankte. Er hatte es gelernt, den Kopf über Wasser zu halten, den Mut nicht zu verlieren oder vielmehr: ihn wiederzufinden, wenn er ihm, in manchen schwarzen Augenblicken, abhanden kam. Hin und wieder sagte Nina, ohne es allzu ironisch zu meinen, ja selbst mit einer Beimischung von respektvollem Staunen, sie bewundere Tilmans »Beethoven-Heiterkeit«. Tatsächlich gab es etwas in ihm, das allen Misslichkeiten mit wundersamer Kraft standhielt, eine gelassene Haltung, eine innere Freiheit, die er früher nicht besessen hatte. Woher sie kam, aus welchen Quellen sie sich speiste, darüber wusste er wenig; doch dass sie da war, stand ihm außer Zweifel.

Tilman war für Zeitungs- und Fernsehreporter nicht mehr zu sprechen, er lehnte Auftritte in Einkaufszentren und auf Weihnachtsmärkten ab, saß berühmten Malern und Bildhauern nicht mehr Modell, und auch sonst kappte er alle Fäden, die ihn mit der Welt und ihren grotesken Ansprüchen verbanden. In seinem hinfälligen Zustand widerstrebte es ihm, sich den Blicken des Publikums darzubieten, er mochte die Strapazen nicht mehr auf sich nehmen, die der Ruhm und das Anderssein ihm auferlegten. Es drängte ihn, sich von all den vielen Bühnen zurückzuziehen, die man ihm landauf, landab bereitete, er wollte die Zeit, die ihm bleiben würde, nur noch Nina und dem Übrigen widmen, das ihn anging.

Dass Tilman sich aus der Öffentlichkeit zurückzog, versetzte den Express und verwandte Blätter in große Erregung. Man vermutete, Tilman wolle sich aus taktischen Gründen rar machen, um die Neugier des Publikums anzustacheln, er hülle sich in eine Aura des Geheimnisvollen und Entrückten, um desto größere Aufmerksamkeit auf sich zu lenken. Zugleich bezweifelte jedoch niemand, dass seine Gesundheit sich verschlechtert haben müsse, dass der Grund für sein Verschwinden die Leiden seien, die das unbarmherzige Wachstum ihm auferlegte. Eine Welle von gellend-mitleidigen Meldungen lief durch das Land: »Sorge um Riesen-Tilman!«, »Wie krank ist der deutsche Riese?«, »Armer Tilman – jeder Tag kann der letzte sein.« Man spekulierte, wie lange er noch zu leben habe, wusste besorgniserregende Einzelheiten über seine körperliche und seelische Verfassung zu berichten, verkündete in hastigem Wechsel mal sein nahe bevorstehendes Ende und mal seine völlige Genesung. Eine australische Zeitung verglich ihn mit einem Dinosaurier: Auch diese Spezies sei im Laufe ihrer Entwicklung stetig gewachsen und habe am Ende so kolossale Ausmaße erreicht, dass sie lebensunfähig geworden sei. »Der Hals der Saurier war so lang, dass die Befehle, die das Gehirn dem Körper erteilte, auf halbem Weg verlorengingen. Irgendwann spielten die Beine, der Schwanz und alles Übrige verrückt. Experten sagen: So geht's bald auch dem deutschen Saurier!«

Tilmans dreißigster Geburtstag stand bevor. Aus Zufall ergab es sich, dass um dieselbe Zeit sein Körper die Marke von drei Metern erreichte. Deutschland geriet in einen Taumel: Jedes dieser beiden Ereignisse für sich genommen besaß bereits großen Reiz, doch ihr Zusammentreffen war eine Sensation. Die Klatschpresse konnte ihr Glück kaum fassen, warf alle Sorgen um Tilmans Gesundheit über Bord und erklärte seinen Geburtstag zur nationalen Jubelfeier. Die Zahlen »drei« und »dreißig« nahmen einen besonderen, festlichen Sinn an und waren in aller Munde. Eine gehobene Stimmung verbreitete sich im Land, und zahllose Menschen fassten den Entschluss, endlich nach Nagoldshausen zu reisen und ihren Helden leibhaftig in Augenschein zu nehmen.

Am großen Tag liefen Sonderzüge in regelmäßigem Takt auf dem Bahnhof des Städtchens ein. Sie entließen Trauben von Menschen auf die Bahnsteige, die schwarz-rot-goldene Wimpel schwangen und T-Shirts, Schirmmützen und sonstige Kleidungsstücke mit der Aufschrift »Tilman ist riesig« trugen. In der Altstadt machte sich karnevalistische Auflösung breit, fröhlich überschwemmten die Angereisten alle Straßen und Plätze. Eine Hundertschaft der Polizei bemühte sich mit geringem Erfolg, den

Strom der Menschen in übersichtliche Bahnen zu lenken, dem Chaos wenigstens ein fadenscheiniges Mäntelchen der Ordnung überzuwerfen. Hotels und Pensionen waren überlastet, sodass viele Gäste sich genötigt fanden, Unterkunft in den benachbarten Dörfern zu suchen. Auch die Kneipen und Restaurants wurden des Ansturms nicht Herr; zahlreiche ambulante Würstchenbuden suchten die Lücke zu füllen, überdies hatte die Bundeswehr, die in Nagoldshausen eine Kaserne unterhielt, vor dem Rathaus eine Gulaschkanone aufgefahren. Journalisten aus fünf Kontinenten umringten vom frühen Morgen an Tilmans Elternhaus, Fotografen kletterten an Straßenschildern und Laternenpfählen empor, manche versuchten gar die Gartenmauer zu übersteigen oder auf den Dächern benachbarter Häuser Stellung zu beziehen, was die Polizei nur mit knapper Not verhinderte.

Tilman gab an diesem Tag seine Zurückgezogenheit auf und trat, um die herbeigereisten Anhänger nicht zu enttäuschen, Stunde um Stunde vor das Haus, ließ sich filmen, gab Interviews, schüttelte Hände, verteilte Autogramme. Schließlich machte er einen Rundgang durch die Stadt, zog in ungewolltem Triumph kreuz und quer durch die Gassen, winkte mit beiden Armen in die »Tilman! Tilman!« rufende Menge, grüßte zu Balkonen empor, von denen man Blumen und Konfetti warf, nahm Säuglinge in den Arm, die begeisterte Mütter ihm entgegenhoben …

An diesem Tag gelangte sein Ruhm auf den Scheitelpunkt: In sämtlichen Ländern des Globus berichteten die

Zeitungen über den Riesen aus Deutschland, und selbst in entlegenen und abgeschotteten Diktaturen füllte sein Bild die Fernsehschirme.

25

Die Arbeit des Sterbens

Tilman machte am frühen Morgen einen Gang durch die Felder. Er war allein, denn Nina hatte in Heidelberg zu tun. In der Nacht war ein kräftiger Guss niedergegangen, der Weg schimmerte feucht und nicht ganz geheuer, schien mit einer Schicht aus tückischem Schleim überzogen, saugte sich, schmatzende Geräusche erzeugend, an seinen Sohlen fest. Hier und dort standen große Pfützen, die er nicht ohne Mühe, auf den Rain der Felder ausweichend, umgehen musste. Am Himmel trieben noch einige versprengte Wolken, schleppten ihre Fracht, die sie in der Dunkelheit nicht losgeworden waren, durch die wachsende Helligkeit.

Tilman fühlte sich recht wohl. Die Schmerzen in seinen Gelenken waren kaum zu spüren, sie gewährten ihm, entgegen ihrer Gewohnheit, ein wenig Frieden, und so hatte er sich nach langer Zeit wieder einmal auf diesen Weg eingelassen. Er schwebte über dem Boden, leicht und mühelos wie in Träumen. Das Glucksen seiner Sohlen klang verwirrend: Es schien ihm sagen zu wollen, dass seine Füße sehr wohl den schleimig-rutschigen Grund berührten, und konnte doch der schönen Illusion des Schwebens nichts anhaben. Der Weg, der an einer Gruppe von Weiden vorüberführte, die silbrig und tropfend im Morgenlicht standen, neigte sich abwärts, nun fiel ihm das Gehen noch leichter, es machte sich wie von allein, immer rascher glitt er voran ... Da geriet er ins Rutschen, sein Oberkörper schnellte, wie von einer unsichtbaren Hand gestoßen, vornüber, die Weiden wirbelten in den Himmel, Wasser spritzte um seinen Kopf –

Als Tilman wieder zu sich kam, stand die Sonne hoch über den Feldern. Es musste zehn oder elf Uhr sein, vielleicht später noch. Er lag inmitten einer Pfütze, die wie ein kleiner Tümpel seinen Körper umgab. Lediglich die Arme ragten, schief zu den Seiten gestreckt, ins Trockene hinein, und leicht erhöht am Rand des Weges, zwischen Gräsern und Ackerblümchen, sah er seine Füße liegen – sie schienen sich, mit der ihnen eigenen Selbstständigkeit, aus dem Nassen hinaus in Sicherheit gebracht zu haben.

Er versuchte aufzustehen und fiel gleich wieder zurück – sein Jackett, das mit schlammigem Wasser durchtränkt war, zog ihn herab wie eine Weste aus Blei. Er wälzte sich zur Seite, stemmte die Hände und Unterarme in den Lehm, zog seine Füße vom Wegrand zu sich heran, und mit einer furchtbaren Anstrengung, ohne zu wissen, wie es ihm gelang, kam er auf die Beine – torkelnd, ein würgendes Gefühl in der Brust, das ihn fast wieder zu Boden warf, machte er einen Schritt aus der Pfütze …

Ein warmer Wind strich über die Felder. Die Ähren, die noch regenschwer waren, gerieten ins Schwanken, und das Licht der Sonne entlockte ihnen einen dunkelgelben Schimmer. Tilman setzte behutsam Fuß vor Fuß, als ginge er auf Glatteis. Ihm war kühl, in langen Wellen lief ein Zittern durch seinen Körper, doch kein Wunder – er musste viele Stunden reglos im Wasser gelegen haben. Der Rückweg zum Städtchen schien ihm weiter als sonst, er fühlte das Herz in seiner Brust pochen wie bei einer heftigen Anstrengung; immer wieder blieb er stehen, um mit weit geöffnetem Mund Atem zu schöpfen und gegen den Schwindel anzukämpfen, der in seinem Kopf spukte. Wenn er auf eine Pfütze stieß, ging er mitten durch sie hindurch, denn auf den Rand der Felder auszuweichen hätte ihn zu sehr erschöpft.

Als er die ersten Häuser erreichte, wurde ihm leichter zumute. Die Straßen waren selbst um diese vorgerückte Zeit nicht sehr belebt; nur ab und zu kreuzte ein Fußgänger seinen Weg, stierte voller Entgeisterung auf die verschlammte Gestalt, die mit unregelmäßigem Schritt wie ein Betrunkener an Hecken und Gartenzäunen entlangschwankte. Ein kleiner Junge, der in der Nachbarschaft wohnte und über dessen dümmliches Gesicht er sich schon oft geärgert hatte, hüpfte neben ihm her und rief: »Onkel! Was hast du? Bist du hingefallen?« Mit ein paar barschen Worten, die Tilman zwischen den Lippen hervorzischte, ließ er sich forttreiben.

Als das Haus der Eltern in Sicht kam, das schmiedeeiserne Gartentörchen ihm schon entgegenwinkte, trat plötzlich eine Fotografin in seinen Weg. Ihre Augen waren nervös aufgerissen, der Unterkiefer hing ihr herab, einige Sekunden lang hatte sie Mühe zu begreifen, was sie vor sich sah – dann setzte sie mit einer raschen Bewegung ihre Kamera an und schoss, während Tilman die letzten Meter über den Bürgersteig wankte und mit einer gequälten Geste die Hand nach der rettenden Pforte ausstreckte, die Fotos ihres Lebens.

Tilman trug eine Lungenentzündung davon. Sie brachte zwar sein Leben nicht in Gefahr, nahm jedoch einen zähen und wechselreichen Verlauf, schleppte sich von Rückfall zu Rückfall fort, fesselte ihn zwölf Wochen lang ans Bett. Als er endlich wieder aufstehen durfte, fühlte er sich nicht wie ein Genesener. Alle Schmerzen und sonstigen Beschwerden, unter denen er zuvor schon gelitten hatte, traten nun stärker hervor, konnten scheinbar nach Belieben, ohne dass sein Körper ihnen noch Widerstand entgegensetzte, ihr Unwesen treiben. Besonders die Schwäche des Herzens machte ihm zu schaffen: Zu jeder Zeit des Tages konnte ihn eine heftige, wie aus dem Nichts kommende Erschöpfung befallen; dann saß er halbe oder ganze Stunden im Sessel, ohne sich zu regen, und war vor lauter Mattheit nicht imstande, einen benennbaren Gedanken zu fassen. Sein Körper, der bisher so beharrlich durchgehalten, sich mit kaum zu begreifender Kraft gegen alle Widrigkeiten behauptet hatte, schlug nun gleichsam nach der entgegengesetzten Seite hin aus – er hatte jedes Vermögen zum Standhalten eingebüßt, ja schien sich mit den Schmerzen geradezu zu verbünden, um Protest gegen all das unnatürlich Strapaziöse einzulegen, das er ertragen musste.

Professor Meier-Schellberger untersuchte Tilman jetzt im Wochentakt. Er begab sich zu diesem Zweck nach Nagoldshausen, denn er wollte seinem nicht nur leidenden, sondern auch prominenten Patienten die beschwerliche Fahrt nach Stuttgart ersparen. Jedes Mal vermaß er Tilmans Körper im Stehen, im Sitzen sowie im Liegen, um das fortschreitende Wachstum exakt zu dokumentieren; auch unternahm er immer wieder Versuche, seine Beschwerden zu lindern, erzielte jedoch nur unbedeutende und vorübergehende Erfolge. Über Tilmans Zustand drückte er sich zurückhaltend aus; ab und zu flocht er, ohne sich im Gang seiner Untersuchungen und Messungen zu unterbrechen, mit gedämpfter Stimme Bemerkungen ein wie »Ihr Puls gefällt mir heute nicht recht«. oder »In letzter Zeit macht mir Ihre Atmung Sorge«. Tilman verzichtete darauf, ihm weitere Fragen zu stellen, denn wie es um ihn stand, wusste er selbst.

Einmal, gegen Ende einer längeren Untersuchung, warf Meier-Schellberger seinem Patienten einen ernsten, gesammelten Blick zu. Er nahm seine Brille ab, klappte sie langsam, mit zeremonieller Umständlichkeit zusammen, verstaute sie in seinem Etui und ließ dieses, wiederum umständlich, in die Tasche seines Kittels gleiten.

– Ich habe Ihnen etwas zu sagen, Herr Wölzinger, das nicht günstig ist. Die Belastungen, die auf Ihren Körper einwirken, erreichen inzwischen einen Grad, den wir sehr ernst nehmen müssen. Die Ergebnisse der heutigen Untersuchung sind alarmierend.

Er strich mit den Fingerspitzen über sein grau meliertes Haar, das mit makelloser Gleichmäßigkeit an seinem wohlgeformten Schädel anlag.

– Wie Sie wissen, ist es unmöglich, exakte Prognosen zu stellen. Wir werden weiterhin sorgfältig beobachten müssen, wie Ihre Krankheit sich entwickelt. Dennoch sprechen die Symptome inzwischen eine deutliche Sprache. Ich fürchte, dass bald der Punkt erreicht sein wird, an dem Ihr Körper den Strapazen nicht mehr gewachsen ist.

– Das fürchte ich auch.

Meier-Schellberger blickte ihn überrascht an.

– Sie meinen …

– Herr Professor. Ich bin ein aufmerksamer Patient, und dass sich mein Körper in der Kapitulationsphase befindet, habe ich bereits bemerkt.

Tilman warf ihm ein ruhiges Lächeln zu, und beinahe hätte er den Arm ausgestreckt, um seine Schulter zu tätscheln. Von der ehrfürchtigen Schüchternheit, die ihn früher im Angesicht dieser Koryphäe zu befallen pflegte, war nichts übrig geblieben. Er konnte über Meier-Schellbergers professorale Gespreiztheiten inzwischen auf unbekümmerte Art lächeln und liebte es, seinen pompösen Sätzen einen spöttischen, die Dinge ins Leichte wendenden Ton entgegenzuhalten. Auch hatte er ihn unlängst freundlich, doch bestimmt gebeten, auf lateinische und griechische Fachausdrücke zu verzichten und die deutsche Sprache so zu verwenden, wie es üblich war – und Meier-Schellberger hatte zugesagt, sich darum bemühen zu wollen.

– Ich verstehe, Herr Wölzinger. Es gibt nicht viele Patienten, die imstande sind, den Dingen … mit solcher Gefasstheit ins Auge zu sehen. Ich weiß, dass Sie ein … psychisch gefestigter Mensch sind. Das ist in solchen Fällen ein großer Vorteil … Was nun die Schwierigkeiten bei der Atmung betrifft, über die Sie klagen, so handelt es sich …

Er verfiel in einen längeren und detailgesättigten Vortrag über allerlei medizinische Fragen. Tilman nahm eine bequemere Sitzhaltung ein und widmete sich seinen eigenen Gedanken; er betrachtete es als das Privileg des Patienten in aussichtsloser Lage, seinem Arzt nicht mehr zuhören zu müssen.

Als er nach einer Weile aufblickte, bemerkte er, dass Meier-Schellberger schwieg und ihn mit wartendem Ausdruck ansah.

– Entschuldigen Sie, Herr Professor. Ich bin heute … nicht ganz bei der Sache. Haben Sie mir eine Frage gestellt?

In Meier-Schellbergers Gesicht zeichnete sich eine leichte Verlegenheit ab.

– Ich werde meine Frage wiederholen. Haben Sie sich bereits Gedanken darüber gemacht, was mit Ihrem Körper geschehen soll, wenn Sie einmal gestorben sind?

Tilman hob die Achseln.

– Nun, ich dachte an eine Beerdigung.

– Natürlich …

Der Professor rang sich ein kleines Lächeln ab.

– Ich möchte auf etwas anderes hinaus. Es wäre medizinisch in hohem Maße wünschenswert, wenn ich nach Ihrem Tod eine Obduktion durchführen könnte. Dies würde mir die postmortale Untersuchung Ihres Gehirns ermöglichen und …

– Sagen Sie bitte nicht »postmortal«, Herr Professor.

– Eine Untersuchung Ihres Gehirns wäre von großem wissenschaftlichem Wert, da, wie Sie wissen, Ihre Krankheit bisher noch kaum erforscht ist. Außerdem würde ich …

Tilman unterbrach ihn mit einer freundlichen Geste.

– Schon gut. Wenn Sie meinen – bitte. Zu meinen Lebzeiten hatte ich nicht viel Gelegenheit, mich nützlich zu machen; daher ist es mir ganz recht, wenn ich nach meinem Tod das eine oder andere nachholen kann.

Meier-Schellberger zeigte sich auf gemessene Art erfreut.

– Vielen Dank, Herr Wölzinger. Sie haben Ihre Entscheidung schnell getroffen! Nicht alle Patienten sind dazu in der Lage … Es geht bei der Obduktion, wenn ich das hinzufügen darf, nicht allein um Ihr Gehirn. Mein Interesse richtet sich auf sämtliche inneren Organe. Ihre

Lungen zum Beispiel sind um das Doppelte ihres gewöhnlichen Umfangs gewachsen; Ihre Nieren sogar um das Zweieinhalbfache. Es wäre höchst aufschlussreich zu untersuchen, wie …

Tilman nickte zerstreut und machte wieder von seinem Privileg Gebrauch.

Am Abend saß Tilman mit seinem Vater zusammen. Jeden zweiten oder dritten Tag klopfte der alte Wölzinger im Pavillon an, um mit seinem Sohn einen gemütlichen Schwatz zu halten. Tilman ließ es über sich ergehen, ja hin und wieder konnte er diesen halben Stunden bei einem Gläschen Wein sogar eine Spur von Freude abgewinnen; denn er empfand für seinen Vater in letzter Zeit eine verhaltene Anhänglichkeit, die darin ihren Grund haben mochte, dass er bald von ihm würde Abschied nehmen müssen.

Tilman erzählte von dem Gespräch mit Meier-Schellberger. Als er die Obduktion erwähnte, beugte sich der Vater, die Augen leicht geweitet, im Stuhl vor.

– Tatsächlich? Das will er mit dir machen? Na …

Er stieß einen leisen Pfiff zwischen den Zähnen hervor, und in seinen Augen erschien der Ausdruck des patenten und gewieften Kleinunternehmers, der ein Geschäft wittert.

– Ich würde nicht gleich »Ja« sagen. Er muss dir auf jeden Fall was dafür bezahlen. Und zwar gar nicht wenig!

– Wieso?

– Na! Wieso! Das ist doch selbstverständlich. Wenn der gute Mann was von dir will, soll er auch dafür in die Tasche greifen. Es gibt nichts umsonst!

Tilman nahm einen langen Atemzug; es bereitete ihm Mühe, die Höhe seiner Freundlichkeit zu halten.

– Weißt du, Vati, ich habe in den letzten Jahren immer wieder mit der Abnormität meines Körpers Geld verdient. Es wäre mir angenehm, wenn ich wenigstens nach meinem Tod damit aufhören könnte.

– Ach, Tilman! Darum geht's doch gar nicht. Der gute Mann soll bezahlen! Das ist alles.

– Der gute Mann, wie du ihn nennst, hat mir versichert, die Obduktion diene der Wissenschaft.

Der Vater klopfte mit den Knöcheln auf die Stuhllehne.

– Mensch, der Wissenschaft! So ein Quatsch! Der soll sich die Sache ruhig was kosten lassen. Er selber nimmt doch auch für alles Geld, und zwar gar nicht knapp!

Auf seinem Gesicht, dessen ziegelrote Färbung sich unvermindert erhalten hatte, obwohl er schon seit Jahren nicht mehr unter freiem Himmel arbeitete, stand ein Hauch von Schweiß.

– Die Mediziner sind doch alle Halunken! Und dein Professor auch. Seit Jahren verdient er sich eine goldene Nase an dir. Gell – du sagst doch, er hat sogar ein Buch über dich geschrieben?!

Tilman lächelte.

– Nicht nur eins, sondern zwei.

– Na, also!

– Und das dritte wird bald herauskommen.

– Aha!

Der Vater nahm einen Schluck Bier, wobei er durch die Nase in das Glas hineinblies, was einen leisen Orgelton erzeugte.

– Und letztens war doch auch … na, diese Sache in Stuttgart …, du weißt schon, wo die vielen Leut gekommen sind …, hilf mir mal …

– Ein medizinischer Kongress.

– Genau!

– Meier-Schellberger erzählte, er habe Experten aus der ganzen Welt eingeladen. Und Gegenstand der Veranstaltung sei ausschließlich ich gewesen … Aber warum willst du ihm daraus einen Vorwurf machen? Er tut seine Arbeit. Und ich bin nun einmal ein sehr besonderer Patient.

– Eben! Und jetzt versucht er, auch noch das Letzte aus dir herauszuholen.

– So wie du!, dachte Tilman und schenkte dem Vater, der sich mit einem Taschentuch das Gesicht abwischte, das inzwischen einen noch kräftigeren, ins Violette spielenden Ton angenommen hatte, Bier nach.

Tilmans Klavier war in letzter Zeit zu einem traurig-unbenutzten Möbel geworden. Selbst an einfache Stücke wagte er sich nicht mehr heran, denn seine Finger waren schier zu groß, auch leisteten sie ihm kaum noch Gehorsam, zogen sich, wie seine Füße und Beine, in die Fühllosigkeit zurück. Anders als er früher gehofft hatte, konnte er jetzt auch keinen Trost darin finden, einzelne Akkorde anzuschlagen, in schönen Bruchstücken zu schwelgen, ja dies bloß andeutende Spiel bereitete ihm, im Gegenteil, seelischen Schmerz: Anstatt ihn das Niederdrückende seiner Lage vergessen zu machen, rief es ihm in Erinnerung, was er für immer verloren hatte. Die Akkorde öffneten ihm kein Tor mehr, durch das er in jene Weiten dringen konnte, in denen es keine Rolle spielte, ob er groß oder klein war. Manchmal schienen sie sogar eine unsichtbare Wand zwischen ihm und der Musik zu errichten: Er fühlte sich der Schönheit nahe und konnte doch nicht mehr zu ihr gelangen.

Der Sommer hielt sich lange, bis in den späten September, und Tilman und Nina verbrachten viele Stunden im Garten. Er liebte es noch immer, sich mit seinen Blumenbeeten zu beschäftigen, und Nina ging ihm zur Hand, übernahm gutwillig und energisch, wenn auch nicht mit großem Geschick, all die gärtnerischen Griffe, die ihm jetzt zu schwer wurden, und das waren die meisten. Wenn sie ein Beet harkte oder mit dem Spaten hantierte, bat sie Tilman, ihr vom Liegestuhl aus Gedichte vorzulesen – »als kleine Entschädigung für diese Tätigkeit, die ziemlich anstrengend ist und zu der ich mich nicht berufen fühle«.

Oft saßen sie im Schatten der mit Wein überwachsenen Mauer, tranken die eine oder andere Tasse Tee und widmeten sich jenem Berg von erzählenswerten Dingen, den sie niemals würden abtragen können. Wenn es Abend wurde, zogen sie sich in den Pavillon zurück und verbrachten die dunklen Stunden damit, gemeinsam auf dem Sofa in der Bibliotheksecke zu lesen. Oder sie rückten sich Stühle an das geöffnete Fenster und beobachteten schweigend, wie die Dämmerung sich des Gartens bemächtigte – wie die Blumen mit unterschiedlichen Graden von Zähigkeit ihre Farben gegen das anschwellende Grau verteidigten, allmählich einen hinsterbenden Ton annahmen wie Kirchenfenster, in deren Gläsern sich das letzte Licht des Tages zu einem fahlen Schimmer fängt, und schließlich in der Schwärze versanken.

Von Zeit zu Zeit sprachen sie über den Tod. Sie taten es in einem nüchternen und beiläufigen Ton, ohne sich auf allzu viel Gefühl einzulassen, ähnlich wie sie über eine Reise hätten sprechen können, die Tilman in nächster Zeit würde unternehmen müssen und deren einzige Besonderheit darin bestand, dass sie lang sein würde.

– Ich frage mich, sagte er einmal, was von mir zurückbleiben wird, wenn ich die Erde früher oder später verlassen sollte.

Nina wiegte spöttisch den Kopf.

– Ich fürchte, mein Lieber, diese Frage ist nicht sehr originell.

– Schon gut. Aber sie geht mir eben manchmal durch den Kopf.

– Und kannst du wenigstens eine originelle Antwort auf sie geben?

– Ich lasse *dich* zurück.

Nina senkte die Lider und ließ ein winziges Stöhnen hören.

– Diese Antwort ist vor allem traurig.

– Traurig und tröstlich zugleich. Wenn du zurückbleibst, wird es jemanden geben, der sich an mich erinnert, und vielleicht sogar auf eine freundliche Art.

– Was das angeht, kannst du dich auf mich verlassen.

– Und noch etwas gibt es, das tröstlich ist. Du bist doch ein Stück von mir, nicht wahr?

– Ja, das bin ich.

– Und wenn ein Stück von mir zurückbleibt, kann ich nicht ganz verschwinden.

Es war später Abend. Sie lagen in Tilmans Bett und hatten das Licht bereits gelöscht. Draußen vor den Fenstern wehte ein kräftiger und unruhiger Wind, in dem ein Anklang von Herbst war; er strich um den Pavillon herum, als suche er nach Ritzen und Löchern, durch die er eindringen könne, und hin und wieder brachte er es fertig, ein loses Brett zum Klappern zu bringen. Nina hielt Tilmans Hand und strich ihm über die Finger; er konnte es kaum spüren, doch er sah es, und das war ihm genug.

– Es gibt ja sonst nicht viel, das von mir übrig bleibt, fuhr er fort. Einige Mappen voller Zeitungsartikel; eine größere Zahl von Riesen-Puppen, Riesen-Aschenbechern und sonstigen Devotionalien …

– Und nicht zu vergessen die Statue des Italieners, von der ich letztens wieder las, dass sie zu den wichtigeren Werken der zeitgenössischen Bildhauerei gehört.

– Ob es eine angenehme Vorstellung ist, solche Dinge zurückzulassen, weiß ich nicht.

– Jedenfalls scheint es mir ein Vorteil, sie nicht mitnehmen zu müssen.

Er lächelte. Selbst wenn sie über den Tod sprachen, scheute Nina sich nicht, ihre Pointen anzubringen. Diese Beharrlichkeit des leichten Tons, dieser tapfere Wille, sich von Gefühlen nicht einschüchtern zu lassen, gehörte zu dem, was er an ihr liebte. Sie besaß die Fähigkeit, auch über das Schwere mit anmutiger Ironie zu sprechen, selbst noch den Schmerz des Abschieds in Sarkasmen zu kleiden.

– Die Erde ist kein allzu freundlicher Ort, sagte er. Das habe ich in den Jahren, die ich auf ihr zugebracht habe, mehr als einmal festgestellt. Aber immerhin, du hast sie mir freundlicher gemacht.

– Die Erde wird ein unfreundlicherer Ort sein ohne dich.

– Da bin ich mir nicht sicher. Anfangs wird es dir so scheinen, doch mit der Zeit nicht mehr.

Sie hob den Kopf und blickte ihm mit einer Spur von Vorwurf in die Augen.

– Verlangst du, dass ich auf Bemerkungen dieser Art etwas erwidere?

Er nahm ihre Hand, hob sie so vorsichtig empor, als handele es sich um einen empfindlichen Gegenstand, den er zwischen seinen ungeschlachten Fingern zerbrechen könne, und küsste sie.

– Nina, du wirst noch recht lange Zeit auf diesem

freundlich-unfreundlichen Planeten verbringen müssen. Ich weiß zwar, dass du über die Normalwüchsigen keine gute Meinung hast; und auch ich hatte in meinem Leben ja manchmal Grund, über sie den Kopf zu schütteln. Dennoch muss ich um der Gerechtigkeit willen sagen: Unter denen, die keine Riesen sind, sollte es den einen oder anderen geben, mit dem du es aushalten kannst. Auch das gehört zu den tröstlichen Dingen, die mir das Gehen leichter machen.

– Sei so gut und nimm mich fester in den Arm.

Er hatte im halbdunklen Zimmer die Augen geschlossen, hörte ein heftiges, fast stoßweises Atmen, das er nicht an ihr kannte, und wusste, dass sie weinte. Ohne die Augen zu öffnen, mit einem Lächeln, aus dem keine Zuversicht mehr sprach und das dennoch gelassen war, zog er sie an sich.